O BAILE DOS VIVOS

DOUGLAS RIGOS

O BAILE DOS VIVOS

São Paulo, 2023

O baile dos vivos
Copyright © 2023 by Douglas Rigos
Copyright © 2023 by Novo Século Ltda.

EDITOR: Luiz Vasconcelos
COORDENAÇÃO EDITORIAL: Silvia Segóvia
PREPARAÇÃO: Viviane Akemi
REVISÃO: Andrea Bassoto
DIAGRAMAÇÃO: Manoela Dourado
CAPA: Ian Laurindo

Texto de acordo com as normas do Novo Acordo Ortográfico da Língua Portuguesa (1990), em vigor desde 1º de janeiro de 2009.

Dados Internacionais de Catalogação na Publicação (CIP)
Angélica Ilacqua CRB-8/7057

Rigos, Douglas
    O baile dos vivos / Douglas Rigos. – São Paulo, SP : Novo Século Editora, 2023.
    160 p. : il.

ISBN 978-65-5561-623-1

1. Ficção brasileira I. Título

23-4147   CDD B869.3

Índice para catálogo sistemático:
1. Ficção brasileira

Impressão: Searon Gráfica

Alameda Araguaia, 2190 – Bloco A – 11º andar – Conjunto 1111
CEP 06455-000 – Alphaville Industrial, Barueri – SP – Brasil
Tel.: (11) 3699-7107 | E-mail: atendimento@gruponovoseculo.com.br
www.gruponovoseculo.com.br

Dedico este livro à minha mãe, que abriu um grande sorriso quando eu falei que havia terminado mais um. Não existe evidência mais convincente de que você deve continuar escrevendo.

Agradeço a todos os meus amigos artistas, criativos e sinceros, que me tiram sorrisos no Baile dos Vivos. Foi convivendo com eles que pensei nesta história e em muitas outras. Um aceno respeitoso e honrado ao Kaic por ter sugerido o ambiente do capítulo oito, que acabou ficando na versão definitiva da história.

1
TANATOLOGIA

Em toda a diversidade da vida no Universo, todas as suas manifestações tinham uma coisa em comum. Elas precisavam chegar ao fim. No planeta Terra, os próprios seres vivos tiravam a vida de outros várias vezes, de várias formas e por diversos motivos. Quando faziam isso para se alimentar, os seres humanos (que tentavam catalogar e explicar tudo) chamavam de "cadeia alimentar".

Se nos atentarmos a um pequeno ponto desse sistema, teremos uma ideia da intensidade microscópica que os eventos da nossa história tiveram macroscopicamente no tempo de 24 horas. Um ser que poderia parecer pequeno para você, chamado raposa, caçava um outro que, da mesma forma, parecia pequeno para ele, um coelho. A respiração do coelho era ofegante entre o mato e as árvores na escuridão. Corria porque queria manter sua vida. Se perdesse a vida, ele não sabia o que viria depois.

Ninguém sabia.

Na sua primitividade, a raposa sabia que era necessário superar o coelho e ser mais esperta para atingir a sua meta.

Ambos eram velozes. Ambos queriam viver, olhar para cima e ver o Sol nascendo mais uma vez. Tinham muito em comum. A raposa tinha fome, precisava comer, o que deixava todos os seus sentidos tão apurados quanto era possível. Estava atenta aos sons e à imagem para sentir o sangue e as tripas quentes da amedrontada presa na sua boca. Conseguia caçar, pois já fazia isso desde os anos mais prematuros de sua vida. Quando são novas, as raposas já caçam por diversão, então, também caçavam bem quando precisavam sobreviver. Ancestralmente, os antecedentes de sua espécie faziam isso há milhares de anos. O coelho também corre, mas sua única sensação é o sufocante medo daqueles que têm um futuro incerto. O pobre coelho não tinha capacidade de processar e reproduzir o medo que equivalia ao destino que ele realmente teria pelas próximas 24 horas.

Infelizmente, o Universo decidiu ser indiferente ao pobre animal, e a todos nós, naquela noite.

A busca era solitária, e um pequeno momento já podia ser determinante para alterar o resultado da caçada. A concentração era muito importante, de forma que nada distraía a ágil raposa. A única coisa que tinha em mente era alcançar o coelho e abocanhá-lo. Por poucos segundos ela percebeu os pelos arrepiados de sua vítima ao seu alcance. Foi o bastante! Avançando com suas presas armadas, a raposa perfurou o corpo do coelho, sendo recompensada com o calor de seu sangue. Ela sacudiu a cabeça como já fazia por reflexo e lançou o coelho para uma direção aleatória, certa de que ele estava derrotado.

Ele estava morto.

Algo fugiu das expectativas de sua percepção quando seus sentidos perceberam que a vítima não estava tão próxima quanto ela imaginava. Na verdade, o odor do medo e do sangue pareciam se afastar. Não fazia sentido algum, mas a raposa sentia fome, então seguiu atrás dele. O golpe só podia ter sido fatal. Assim era há muitos anos. Não havia algo fundamentalmente diferente no embate além do desfecho incompreensível. O medo deixava de ser exclusivo das vítimas naquela noite. Ele passou a ser compartilhado, mesmo que um pouco, com a raposa que caçava. Ela não tinha medo do coelho, que era inofensivo contra ela (ainda mais agora, perfurado). Seu medo era do desconhecido. Coelho algum vivia após ser golpeado daquela forma. Já havia matado outros no passado. Era impossível. A pequena criatura já se perdia no namoro do escuro com a vegetação. A raposa sabia que em breve iria perdê-lo se continuasse se incomodando muito com a realidade e seu estado. Filosofia não beneficia caçadores. Aceitou que não devia ter acertado sua presa como acreditava ter feito e partiu atrás dela novamente, antes que pudesse ser perdida para sempre. Seria frustrante após a longa busca e tantas expectativas...

A caçada mudou. A complexa e peculiar mente daquele ser não conseguia recuperar sua atenção anterior. Agora corria perturbada. Havia mudado e nunca mais voltaria a ser a mesma. Afinal, ele havia sobrevivido ao golpe letal? Ou a sua velha mordida na verdade não tinha sido letal? O que era mais improvável? Ela sentia o cheiro do sangue. Sua refeição viva permanecia cheia de vida e se locomovia para longe em alta velocidade. Só queria encontrá-la logo e acabar com essa sensação de mistério. O animal estava dividido em dois. A palavra "morto", tanto quanto a palavra "vivo", usada por seres capazes de ler e escrever livros, como eu e você, não existia em lugar algum na mente do animal. Nem qualquer outra palavra que a substituísse. Mas o predador com certeza sabia a diferença entre um ser que se encontrava entre o nascimento e a morte e outro que já havia passado desse período. Tanto quanto suas caças, já havia visto parentes próximos que não tinham mais vida dentro de seus corpos. Não se moviam. A relação com o mundo tinha cessado, só restava o recipiente. Ficava lá e não voltava ao estado de antes. Ele não conhecia as palavras e os conceitos criados por seres capazes de ler livros, mas conseguia distinguir que aquele estado não era igual ao de vida. Não era difícil como uma atividade intelectual. Era instintivo perceber. O coelhinho não era exceção. A diferença era que seu tormento era muito maior do que o daquele que o havia acertado. Corria desorientado, não conseguia erguer sua cabeça com a precisão que havia feito a vida inteira. Era parcialmente como um morto... Com exceção de que estava vivo. Seu corpinho estava danificado e sentia dor o suficiente para eliminar qualquer ser de sua espécie que já havia existido ou viria a existir. Por que, então, não morria? Por que continuava vivo a sofrer com toda aquela dor? Era uma punição que parecia acima de qualquer justificativa ou sentido... Mas, mesmo assim, aquela diminuta porção confusa de vida não parava de correr com o máximo de sua determinação, até que uma breve gota de razão em seus sentidos confusos fez com que parasse. Tudo que entendia o levava a acreditar que já não deveria estar vivo. Se aquela sensação fosse durar para sempre (ou que fosse por apenas mais um minuto), era melhor desistir e deixar que a faminta raposa o eliminasse de vez. Um golpe de misericórdia. Desacelerando os movimentos que seus instintos traziam, o coelhinho foi contra tudo que sempre viveu e começou a ansiar para que seu algoz trouxesse seu fim. Assim acabaria com sua dor também. Não era a primeira vez que corria de um predador. Já havia sentido a respiração faminta se aproximando de seus pelos algumas vezes no passado. Se queria receber a morte, ficar imóvel era o bastante para que seu fim chegasse. Um susto que não pode ser descrito para qualquer um o tomou conforme conseguia confirmar a condição perfurada de seu corpo. Era além da compreensão. Já deveria estar morto. Não era uma impressão ou uma possibilidade. Nenhum ser de sua espécie podia sobreviver com um ferimento como aquele. Sentiu uma angústia cósmica, na simplicidade de seus sentidos, reconhecendo que o cosmo é um lugar muito mais assustador e sombrio do que tinha capacidade de compreender. E não havia nada que pudesse ou poderia um dia fazer contra isso. Distraído, ele não percebeu quando estava prestes a ser atingido por outro golpe de seu perseguidor. A sensação letal era familiar. Ele era o único amaldiçoado a ter familiaridade com uma sensação tão letal. Derrotado e abandonado, sem qualquer tentativa de corresponder ao seu instinto de resistir à morte, o ser foi obrigado a novamente reconhecer a situação absurda em que se encontrava. Aquela dor, aqueles ferimentos, deviam ser o bastante para trazer seu fim.

Tanto sofrimento era desnecessário para qualquer um, independentemente da profundidade da maldição que o destino tivesse lhe guardado. Mas, ainda assim, não morreu.

A raposa identificou mais uma coisa diferente naquela noite assustadora. Seu alvo não estava mais fugindo. Não podia ter se enganado da mesma forma duas vezes. Era demais. Eis que conseguiu ficar tão próxima de sua presa, como jamais conseguiria se fosse outra que estivesse viva. Seu corpo deitado carecia dos recursos para se manter vivo, mas, ainda assim, a criatura amaldiçoada vivia. Vivia e com a mesma certeza de que estava viva, sofria por isso. Os dois compartilhavam de uma raríssima relação no cosmo, compartilhavam do sentimento de angústia cósmica. Um tipo de sofrimento infinitamente mais profundo do que qualquer outro mais trivial. Um sofrimento que só pôde ser compartilhado por todos os seres vivos em um período de 24 horas. Seus instintos competitivos ficaram à parte, ambos reconhecendo estarem diante de algo terrível que não podiam entender. O caçador chegou a lamentar pelo caçado, mas seu sofrimento jamais seria próximo ao que ele sentia, preso à sua maldição, sem saber por quanto tempo continuaria no estado de uma vida que deveria ser morte. Os dois não conseguiam se comunicar como eu e você, leitores de livros, mas eles compartilhavam uma linguagem mais primária e pura, que fica subestimada por seres verbais, como nós. E, em sua pureza, eles compartilhavam terror.

O caçador lamentou pelo ser amaldiçoado e por todos que tinham que viver em um mundo assim, onde tal tipo de sofrimento poderia lhes afligir sem qualquer explicação.

Mas sabia que não poderia continuar lá para sempre, diante daquele mistério universal que era sua condição. Sabia que precisava se afastar. Quem sabe conseguisse ter gratidão por não sofrer da mesma moléstia que ele, mas seus instintos certamente seguiriam atormentados por muito tempo após ter vivenciado algo tão trágico e inexplicável. Deixou-o para trás, mas as remotas lembranças continuavam perseguindo-o. Nunca mais voltaria a ser a simples raposa que era antes, mesmo que não percebesse.

Já era para ele estar morto... Nunca que um coelho sobreviveria a ferimentos como aqueles... Mas a criatura continuava viva. Era inexplicável... Como se a morte tivesse tirado um dia de férias.

"O céu fica vermelho
Um sinal aterrorizante
Então nós corremos
Nós estamos ficando sem tempo

Porque
Nós só vivemos um dia
Nós só vivemos um dia
Estamos no paraíso, mas não podemos ficar
Nós só vivemos um dia."

Children of the Sun, Lindemann

2
NASCE A MORTE

Em um espaço mais limitado e familiar da Terra, uma cidade urbana, onde habitam narradores e leitores de livros como eu e você, a nossa história continua de um ponto de vista muito particular. Ou pelo menos alguns. Um homem de aparência ordinária, roupas escuras e desleixadas de quem sabe que vai passar o dia em casa sem vivenciar qualquer evento notável e encontrar alguém, com seus óculos, barba e rabo de cavalo, identifica no seu relógio que já passa de meia-noite. Seu nome é Ricardo. Ele está atento ao horário, pois fora incumbido de uma responsabilidade cósmica. Ele receberia e orientaria minimamente a própria Morte, a força responsável por administrar absolutamente tudo que existia após a passagem de seu tempo de existência. Por questões de equilíbrio universal, cujos detalhes complexos estão além de nossa compreensão, a força cósmica responsável pela passagem da vida para a morte tinha direito a um único dia terráqueo de férias. Ele estava começando agora, conforme Ricardo havia sido devidamente informado. Muitos o achariam louco por acreditar que estava recebendo uma encarnação da Morte na banheira de sua casa, mas ele não se importava. Tinha uma razão (e mais outras duas) para ele ter sido escolhido. Mas isso pode ser revelado depois.

"Ela já deve estar vindo", ele pensa consigo próprio. Apesar da naturalidade maior que a da maioria das pessoas que Ricardo tinha para lidar com um evento paranormal desse tipo, ele ainda estava um pouco empolgado. Tinha algo de romântico e épico em receber aquela entidade que coincidentemente tiraria seu dia de férias bem no mesmo período em que ele vivia. E ainda tinha o privilégio de ter sido responsabilizado para recebê-la! Claro que seria uma experiência solitária. Ninguém acreditaria se ele falasse e, pior do que isso, considerariam-no um maluco (mais do que já o consideravam).

No banheiro, um corpo nu e feminino se levanta molhado da banheira. Instintivamente, suas mãos sentem o corpo e o cabelo, reconhecendo tactilmente aquela superfície que agora embalava sua essência consciente. Mente conhece pele. Essência e casca se beijam trazendo identidade. Do lado de fora, o curioso Ricardo viu a porta vermelha se abrindo. Não havia qualquer pessoa na casa além dele. Ninguém capaz de mover portas convivia lá havia muito tempo. Antes de ver com seus próprios olhos, sua respiração já se alterava com animação, pois sabia o que aquilo queria dizer.

– Agora... A Morte vive – ele relata para si próprio.

Com a pele clara em contraste aos longos cabelos escuros molhados, a Morte era... bonita. Ricardo achava isso, mas não era bem dessa forma, como uma opinião pessoal.

Era uma força universal encarnada, então ela não era bela correspondendo a algum padrão. Ela tinha sua beleza particular e inegável, como o céu e a lua. Como se fosse um fato, todo mundo a acharia bonita em um breve relance.

– Você... é a Morte? – Ricardo pergunta para confirmar. Só podia ser ela, mas, mesmo ele sendo a pessoa mais adequada para exercer sua função, ainda era difícil se convencer de que aquela que havia levado tantos, e logo levaria ele também, estava lá.

– Sim... – ela responde após poucos segundos pensando. Era a única pessoa que podia dar essa resposta sincera. Afinal, era a própria Morte, de fato.

– Calma, eu vou pegar umas roupas para você! – A estupefação de Ricardo não se sobrepõe ao seu cavalheirismo quando estranha o fato de a Morte estar nua diante dele. – Só um minuto. Separei umas roupas da minha irmã que morava aqui. Acho que você vai gostar.

Ela entende tudo o que ele fala e pacientemente aguarda seu retorno. Ele a avisa, então, que pode entrar no quarto dele para pegar as roupas e vesti-las. Ele realmente é um cavalheiro. Sem espiar seu corpo, ele se afasta para que ela entre no quarto, vendo um vestido longo e preto estendido sobre a cama. Ela o veste, percebe que há um espelho de corpo inteiro próximo, quando consegue ver seu reflexo pela primeira vez. Suas pernas apareciam parcialmente, mas havia um longo decote desde seu pescoço até a região próxima ao seu umbigo. Identificava que, culturalmente, estava "gostosa". Mexeu um pouco no seu cabelo enquanto o observava no reflexo. Parou e abriu bem os seus belos e misteriosos olhos, encarando-os de volta na superfície do espelho. Era a primeira vez que podia fazer isso. Foi como se tivesse percebido inteiramente que estava naquele corpo. A partir daquele momento já não estranharia mais isso. Já havia conseguido perceber bem após o susto inicial. Ela sai do quarto e vai em direção ao seu anfitrião do mundo dos vivos.

— Minha irmã era gótica. Mas... ficou bem em você. — Ricardo diz levemente sem graça, mas agora olhando diretamente para ela, já que estava vestida.

— Obrigada... — ela responde após alguns segundos ponderando o que dizer. — Quem é você?

— Ah, me desculpe, eu nem me apresentei. — Ele ri mostrando todos os seus dentes rodeados pela barba bagunçada. — Meu nome é Ricardo, muito prazer... Morte. — Ele ainda hesita em chamá-la como realmente é. Mas como mais a chamaria?

— Eu fui escolhido pelas forças cósmicas do Universo para receber a senhora no seu dia de férias, não é isso? A senhora tem até a meia-noite de hoje para voltar para o seu trabalho. Só queria confirmar, porque fui informado de tudo por visões alucinógenas, então fico meio em dúvida. Sabe como é, vivemos em um mundo que não acredita em magia e nenhuma dessas coisas. — Apenas um segundo de distração. Apenas um segundo sem falar é o necessário para que as partes mais fracas e perigosas da alma de Ricardo se identifiquem com a sensualidade do recentemente adquirido corpo da Morte. Ele se sente atraído pelo corpo dela pela primeira vez, algo que, a partir desse segundo, passaria a atormentá-lo para sempre.

— Sim — ela explica, complementando o que ele falou. Falava com a voz um pouco baixa e rouca, como uma jovem tímida. — Meu trabalho é muito importante... Eu não posso ficar sem fazê-lo. Na verdade, eu, não, porque não preciso morrer... O Universo... Vocês é que não podem ficar sem a Morte. Mas para as coisas ficarem mais justas, eu posso tirar um dia de folga, que traz consequências, mas é tempo o suficiente para ser nada irreversível. — Ninguém se questiona o que significa aquilo que ela estava chamando de justo. Que diferença faria? Sem pensar em alternativa melhor, Ricardo pega uma lata de cerveja na geladeira e oferece para ela.

— Você quer uma breja?

Ela hesita para responder, pensativa. — Acho que não... Você tem um pouco de água? Estou sentindo minha garganta estranha. — Tudo o que ela sentia era novo, então tudo era estranho, na verdade. Ricardo pega o copo de água e sugere que se sente na cozinha para bebê-lo enquanto os dois conversam.

— Sabe, eu fui escolhido para te receber na Terra, senhora Morte, porque eu já tive três experiências de quase morte (EQM). Quando a gente fica muito próximo de morrer, sabe? Então meio que eu já era muito familiar de você para poder fazer isso sem estranhar. A primeira vez... Eu era adolescente. Eu estava com a minha namorada, e espero que você não fique sem graça comigo falando isso, mas a gente era adolescente, primeiro namoro. A gente só queria saber de transar o tempo inteiro. Eu tinha esquecido do meu problema de pressão, eu era meio louco e a menina também, eu só pensava em me superar o tempo todo. Aí, meu coração quase parou de vez. – Ele bebe um pouco da cerveja e passa a mão na barba para secá-la. – Eu lembro que eu estava num túnel, mas eu estava pelado. Aí tive vergonha de ir para fora do túnel porque não sabia se ia ter gente por lá. Aí acordei no hospital, mas estava pelado também, foi pior ainda. – Ele fazia contato visual com a Morte sem dificuldades enquanto relatava tudo. Sentia-se à vontade. Como uma psicóloga, ela não o julgava com o olhar. – Nunca soube as condições em que fui levado nem perguntei, mas todos os membros da minha família pareciam me olhar estranho depois disso. A garota nunca mais falou comigo. Acho que foi quando minha vida ficou uma merda. Sinto que uma parte minha ficou nessa época e nunca mais voltou.

– Entendo – ela responde por conveniência. Não sabia o que dizer, na verdade. Estava mais concentrada na sensação inédita de sentir a água hidratando-a.

– Já na segunda vez, eu era bem mais velho, foi há uns anos. Eu matei meu horário do almoço no serviço. Eu trabalhava em escritório e estava sempre sobrecarregado. Eu tava levando uns negócios para outro lugar e aí… Bem, quando tava subindo a escada, começou a me dar uma vertigem e eu desmaiei. Bati com a cabeça tão forte que o médico disse que havia causado danos severos no meu cérebro! – Quando diz isso, ele abre bem os olhos. – Eu até recebi afastamento por invalidez, acredita? Até hoje recebo dinheiro do governo. – Ele fica um pouco pensativo depois de dizer isso. Poderia parecer que ele se esquecera de falar sobre a terceira experiência de quase morte, mas, na verdade, havia omitido-a intencionalmente, pois era quando havia tentado se matar.

– Mas e aí? mudando de assunto... – Ricardo continua. – O que você vai fazer no seu único dia de férias? Tem alguma ideia? – Ele sentia certa reverência por ela, mas tentava manter uma conversa coloquial.

– Olha, eu não faço a mínima ideia – ela responde de maneira simples e sincera. – Esperava que você pudesse me ajudar com isso, na verdade.

– Eu? – Ele ri. – Acho que não sou a melhor pessoa para isso... É sexta à noite e estou aqui tomando cerveja sozinho.

– Mas para quem mais eu vou perguntar? – A resposta dela talvez parecesse grosseira, mas era puramente sincera. Ela nunca tinha conhecido outra pessoa em sua vida.

– Tudo bem, tem razão. Deixa eu ver... – Ele esfrega a testa com a mão que não segurava a cerveja. – Pior que você não tem muito tempo pra ficar pensando, né? Até meia-noite? – O silêncio dela confirma. – Deixa eu pensar... Uma experiência de prazer e satisfação inevitável? Eu não sou a melhor pessoa pra dizer mesmo, minha vida não é muito divertida... – Ele sabe tanto que isso é verdade que, inevitavelmente, entristece-se após dizer. – Humm... Uma experiência perfeita? Cara? Disneylândia? Você não vai conseguir ir para a Disneylândia... – Morte revira os olhos pensativa, lembrando que sabe o que é o parque temático ao qual ele se referia. – Aqui só tem o "Lado Bom da Vida"... Você só tem um dia, tem que ser uma coisa próxima. – Ricardo se esforça com sinceridade para lembrar de algo que fosse razoável. – Vai me dar um branco bem agora?! Espera... Já sei! Tem o Baile dos Vivos!

– Baile dos Vivos?

— Irônico o nome, não é mesmo?

— É sim... Como eu vou para lá? Como é o Baile dos Vivos?

— Eu posso te passar as direções. Isso vai ser fácil. — Ele aponta para um celular preto e ultrapassado sobre um móvel de madeira. — Eu separei esse celular antigo caso você precise usar. Apesar de velho, a bateria dura bastante. Com certeza deve durar um dia. Agora, quanto à festa... Eu não posso te falar por experiência própria porque nunca fui, mas é uma baladona muito doida aí que todo mundo comenta. É o maior evento que tem na cidade no ano, as lojas abrem igual a temporada. Vêm até pessoas de outras cidades só pra ir na festa. Todo *influencer* comenta e tal.

— Deve ser muito legal — ela diz.

— É... Mas eu nunca fui. Não é meu tipo de ambiente, sabe? É uma festa que fica rolando a noite toda aí, o pessoal só comenta disso no celular, é todo ano assim. Eu já tô acostumado, sabe? As pessoas ficam postando as fotos lá... Mostrando que tão bonitas e coisas assim. Deve ser um lugar divertido — ele conclui sua explicação sem qualquer ânimo especial.

— Bem... Acho que eu vou para lá, então. — Era como se não tivesse alternativa que fosse mais sensata.

— Tudo bem, moça. Acho que você vai se divertir — Ele falava sempre sem muito ânimo e parecendo ter algo o incomodando.

Os dois saíram da casa, ficando diante da rua escura e solitária. A madrugada tinha acabado de começar. Não tinha pessoas nem sons. Ricardo se senta em uma cadeira de praia pequena que já estava aberta na calçada, próxima à entrada de sua casa.

— Bem, Morte — ele fala. — Espero que você goste da festa e que eu tenha conseguido te ajudar. — Volta a beber sua cerveja sentado na cadeira. — Quando for dar meia-noite, acho que é só você voltar aqui para retornar ao que fazia antes.

— Você vai ficar aí? – ela questiona.

— Sim. Eu gosto de ficar bebendo de noite no final de semana – ele responde, ignorando a solidão clara de sua atividade.

— Ok... Por onde eu vou? Pra lá?

— Aqui, vou te mostrar. — Então ele a orienta a usar a função de mapa no celular. — É só você escrever para onde quer ir nesse aplicativo e ele já vai te mostrar um mapa com as orientações para ir pra lá. Não é difícil. Tem meu contato aí. É "Ricardo". Qualquer coisa você pode me ligar, tudo bem? Eu provavelmente vou ficar acordado, tenho problema de insônia há muitos anos. — Como anteriormente, ele relata características trágicas da sua vida com indiferença, como se fossem corriqueiras.

— Então eu vou indo. Boa noite. — Apesar de recém-nascida, ela era mais educada que muitas pessoas.

— Boa noite – Ricardo retribui. — E... boa sorte. — Então, sentado sozinho na cadeira de praia, ele a observa enquanto se afasta pela rua escura em seu vestido elegante, com o longo cabelo negro fazendo contraste nas costas pálidas. Ele a admira por cada segundo, sabendo que em breve não a verá mais.

3
O BAILE DOS VIVOS

Aproximando-se da grande casa onde estava acontecendo o Baile dos Vivos, Morte já consegue visualizar grande movimento de pessoas e ouvir o barulho da aglomeração. Ela continua acompanhando o mapa do celular para não se perder, mas conseguiria se orientar só pelo som a essa altura. Havia música. Não era inspiradora. Era repetitiva e pouco criativa. Morte tinha uma sensação desconfortável em seus pés, que usavam os antigos saltos altos da irmã de Ricardo desde que havia saído da casa dele. Mas conforme se aproximava da festa, a dor ficava cada vez mais insuportável, uma verdadeira tortura que ela não podia compreender. "Eu preciso mesmo usar isso?", ela se perguntava.

Já não aguentando mais, ela se distingue do fluxo de pessoas que se aproxima do baile e se senta na entrada de uma loja próxima, que está fechada, esticando as pernas para frente, para que seus pés não tivessem que entrar em contato com o chão. Martirizada, ela retira os calçados e contrai os seus pés, logo colocando as mãos neles para massageá-los.

Era inacreditável como estavam doendo. Imaginava que devia tê-los colocado errado de alguma forma; seus pés já estavam até um pouco avermelhados. Ela pensa como preferiria não os colocar novamente pelo resto de sua vida (o que não era muito tempo, de qualquer maneira). As pessoas passavam e olhavam para ela. Percebia que se destacava, com a aparência elegante, sentada na rua enquanto, desesperada, massageava os próprios pés.

– Não tá aguentando a dor? – Uma moça bonita pergunta rindo enquanto passa pela Morte, acompanhada de outras pessoas bonitas e elegantes que se dirigiam para o baile.

"Era para eu aguentar a dor?", Morte pergunta a si mesma. Não conseguia entender o sentido daquilo, era como se estivesse deixando passar algo. Esfregando o pé rapidamente e com força na tentativa de aliviar a dor, ela pensa: "Quanto tempo eu vou ficar aqui? Só tenho um dia. Não posso me esquecer disso!". Realmente, sua meta era aproveitar o máximo possível o Baile dos Vivos em seu único dia de existência. Então era melhor colocar logo os sapatos de volta, já que ninguém estava entrando na festa descalço.

A entrada do Baile dos Vivos era bela e chamativa. Havia um grande portão brilhante, luzes enfeitavam as paredes. Toda a estética esbanjava sensualidade, combinando com a aparência das pessoas, que chegavam e formavam a fila de entrada, com os grandes seguranças de preto controlando o tráfego de pessoas. Algumas das atraentes pessoas fumavam cigarros enquanto aguardavam sua vez de entrar, outras conversavam e riam entusiasmadamente, às vezes se aproximando para se fotografarem com seus aparelhos celulares. Morte sentia que era a única que estava sozinha no meio daquelas pessoas. Não era raro ver as pessoas olhando em sua direção com pensamentos misteriosos, que seriam mais claros se ela se permitisse acreditar em sua intuição e ignorasse a sedução da racionalidade moderna. Estava em um dilema sobre como reagir a eles: não sabia se era melhor retribuir os olhares com alguma interação, encarando-os de volta, ou simplesmente seguir normalmente com o que estava fazendo. Na dúvida, vivia um meio-termo: correspondia olhando por pouco tempo, depois ignorando e seguindo em frente.

Ao chegar na entrada, próxima aos seguranças, uma mulher séria que estava recebendo as pessoas enquanto mascava chiclete fala com ela:

– Identidade, por favor.

Morte fica um pouco preocupada, então começa a procurar na bolsa da irmã de Ricardo algum documento que pudesse mostrar. Passa por algumas notas de dinheiro dobradas, de forma que se preocupa se seriam o bastante para participar da festa. Tinha se esquecido de perguntar quanto custava para participar do Baile dos Vivos. Ela acha um pequeno cartãozinho de identidade e o entrega para a mulher. Ela olha com uma expressão de quem não se impressiona com nada, pois já tinha visto de tudo, e o devolve permitindo sua passagem. Seguindo a orientação da mulher, ela segue para uma das seguranças, que passa as mãos pelo seu corpo para conferir se está carregando algum objeto proibido naquele ambiente. "Seria difícil esconder qualquer coisa em uma roupa tão fina e pequena", ela pensa.

– Pronto, pode entrar – diz-lhe a mulher.

– Ok. Mas eu não tenho que pagar?
– Mulher entra de graça.
"Que sorte!", Morte pensa.

"Como eu queria ter essa sorte", Ricardo lamenta enquanto olha para seu celular, sentado na cadeira de praia em frente à sua casa. Depois de ter se distraído por um único segundo olhando para Morte, a tranquilidade de sua mente havia sido perdida para sempre. Desde que ela havia saído do seu alcance visual, habitava seus pensamentos em todos os segundos que tinham passado. Ricardo não podia evitar, pois estava apaixonado. Usando o *wi-fi* de sua casa, que era acessível da rua, ele havia pesquisado na internet de seu celular o Baile dos Vivos, e estava vendo fotos relacionadas ao evento, na sua maioria de pessoas que já haviam ido em anos anteriores. Eram tão bonitas, mas tão bonitas, que pareciam pertencer a outro planeta, a alguma realidade muito diferente da dele. Mas suas aparências o deixavam com tesão. Uma sensação prazerosa que seria ingenuidade negar, conforme o visitava com uma pureza que não sentia há muito tempo, mais do que podia se lembrar.

"Como você tem sorte", ele pensa, lembrando-se da Morte e pensando que ela estava lá, entre aquelas pessoas das fotos que olhava.

— Seja bem-vinda ao Baile dos Vivos! — Uma moça jovem e eufórica, de cabelo pintado de laranja, cumprimenta Morte na entrada, lançando os próprios braços para cima. — Aqui é para aproveitar a vida ao máximo! Você sabe como funciona nosso aplicativo?

— Acho que não.

— Deixa eu te explicar. Me mostra seu celular. — Morte então tira o celular antigo que havia sido dado por Ricardo e o entrega na mão da mulher, já que não sabia usar direito. — Que antigo! Deixa que eu vou baixar para você. — Logo que o *download* termina, no menu do celular fica visível um ícone de um aplicativo chamado "Baile dos Vivos App". — Pronto. É pelo aplicativo que você vai fazer tudo aqui. Uma das coisas mais importantes é o mapa para você aproveitar ao máximo. Afinal, é um dia só! Você não vai querer desperdiçar, né?

— Exatamente! — Morte responde, apesar de a moça não saber o quanto ela se identifica com o que ela falou. Com o mapa virtual aberto, a mulher explica: — Aqui você pode ver onde ficam todas as atrações. É só você clicar em cima que aparece uma explicação. Olha aqui, a Arena de Suor e Lama — ela exemplifica clicando em cima de um número rosa.

"Na Arena de Suor e Lama apenas as mulheres mais ousadas não resistem aos seus instintos, expondo-se da melhor forma que podem se apresentar, mostrando quem é a vitoriosa e a que mais será lembrada por suas habilidades exóticas na noite do Baile dos Vivos!".

— Nossa! — Morte diz, levemente impressionada com a descrição. Ela desconhecia artifícios de publicidade, então era facilmente impressionável.

– Gostou, né, branquinha? – a mulher responde. – Aí você pode ir se orientando pelo app. Por aqui você faz os pagamentos e tudo o mais. Divirta-se, gata!

Desorientada, Morte segue pelo corredor colorido em direção a uma grande porta dupla. Ao passar por ela, o som da festa fica 20 vezes mais alto. Estava num volume que era difícil duas pessoas conversarem mesmo que estivessem muito próximas uma da outra. Sem se locomover muito, ela olha ao seu redor para tentar se sentir menos perdida. O lugar era bem grande, maior do que parecia quando visto de fora. Era profundo, com as luzes neon fazendo constante contraste com a escuridão. Algumas mulheres usavam maquiagens que ficavam acesas no escuro, de várias cores, principalmente nos lábios e nas pálpebras. Tudo contribuía para tornar o Baile dos Vivos altamente característico. Em algumas paredes havia frases escritas em letras coloridas e brilhantes, de forma que pessoas se posicionavam à frente para serem fotografadas por colegas. A grande maioria, homens e mulheres, podia ser vista carregando copos de bebidas, que também se destacavam, coloridas. Era como se as roupas, as maquiagens e as bebidas todas brilhassem, ressaltando-se nas luzes neon. Algumas pessoas conversavam muito sorridentes, apesar de parecer desafiador conseguir ouvir o que alguém falava com o som naquela altura. Muitos dançavam, fotografavam-se e filmavam. Alguns mantinham seus corpos bem próximos, trocavam beijos lentos e delicados, transbordando luxúria. Uma pessoa que estivesse lá a noite toda não se atentaria a um detalhe que todos compartilhavam como se fosse um recorde histórico, todas as pessoas eram muito bonitas.

Sem saber o que fazer primeiro e sentindo sua audição incomodada com o volume do som, Morte decidiu ir em direção a um balcão para pedir uma bebida. Afinal, parecia ser a única que não estava segurando um copo. Chegando ao balcão, há um atendente de braços tatuados e expressão de pouco impressionado.

– Eu quero alguma coisa para beber, por favor.

– .... – ele diz com apatia.

– Desculpa. Eu não entendi o que você falou, moço.

– .... perguntei se é ....? – Ela não consegue entender por causa do volume alto da música.

– Olha, eu não estou conseguindo entender! O som está muito alto! – ela se queixa novamente, fazendo o homem revirar os olhos.

– É assim mesmo! – ele fala mais alto. A audição dela começa a se acostumar. – Eu só perguntei o que você quer para beber – ele diz, mantendo-se apático.

– Ai... – Logo na primeira pergunta, ela se sente incapaz de corresponder. Como escolher o que beber? Talvez fosse tolice perguntar, mas não conseguiu pensar em nada melhor. – Como eu escolho o que eu vou beber?

– Só olhar pelo aplicativo, moça. É tudo pelo aplicativo. – Se tivesse apostado uma moeda que o atendente continuou apático, você teria ganhado, porque ele continuou apático.

– Ah, sim... – Olhando o aplicativo, ela consegue achar o item "menu" e se sente aliviada com isso. A breve tensão já havia feito seu corpo esquentar, podia sentir que suas axilas estavam transpirando. Revela-se na tela de seu celular uma extensa lista ilustrada de bebidas coloridas. Após subestimadas água, refrigerantes e sucos, tinha uma diversidade de bebidas alcoólicas que eram tão familiares para nossa protagonista quanto um catálogo de discos. Nomes como "Sex on the beach" significavam nada se interpretados literalmente. Apreensiva, ela resolve perguntar ao atendente.

— Moço, qual é melhor?

— Mas como assim? – ele pergunta estendendo as mãos abertas.

— Ah, eu não sei. Eu não conheço.

— Você nunca bebeu? – Ele revira os olhos como se estivesse tendo que lidar com uma retardada. – Pega uma vodka.

— Ah, pode ser essa – ela afirma, aliviada por ter uma resposta, pois qualquer que fosse era melhor do que a sua total ausência de referências.

— Tá. Você precisa confirmar pelo aplicativo, moça.

— Como eu faço isso? – ela pergunta falando sozinha e, então, acha a forma de usar o cartão de crédito, que já estava registrado automaticamente no celular, provavelmente deixado por Ricardo.

O atendente prepara a bebida e a empurra na direção dela sem fazer qualquer questão de olhá-la ou de falar algo.

— Obrigada – ela diz. Apesar de tudo, era educada. Ao aproximar a bebida gelada da boca, sente um sabor desagradável, contraindo os lábios de volta. Geme em desconforto e imagina que devia ter feito algo errado. Vira-se para o atendente para perguntar se ele não tinha errado alguma coisa na bebida que havia entregado para ela, porque não parecia coerente que fosse tão ruim quanto ela tinha sentido. Mas ao se lembrar da antipatia dele, sente-se desencorajada. Logo, um homem estranho se aproxima e começa a falar com ela.

— Poxa, góticazinha, podia ter me deixado comprar uma bebida para você.

— Ah... Eu usei o aplicativo. — Ela não sabe exatamente o que dizer, até porque não identifica os interesses dele com a conversa e a aproximação. Mas aproveita que ele tocou no assunto da bebida e diz: — Tem como você experimentar a minha bebida? Acho que me entregaram errado! Eu já experimentei mais de uma vez e tá muito ruim!

— Deixa eu ver. — Ela entrega o copo para o garoto. Ele coloca a bebida na boca e a engole com muita mais naturalidade do que ela. — Não tem nada de errado. É vodka. Você não gosta de vodka?

— Ah, eu não sabia que era assim. — Parte dela fica surpresa por ele ter obtido satisfação daquela bebida que a tinha desagradado tanto.

— Você não bebe, né? — O olhar dele muda muito rapidamente. Era o olhar que Ricardo havia contido quando a recebeu em sua casa. Ele não tarda para revelar a ela o que o olhar significava. — Você é gostosa. Vamos dar uns beijos?

— Como assim? — Ela sabia o que significava. Sua pergunta se referia mais à forma como isso aconteceria.

— Posso te beijar? — Ele era um sujeito direto e objetivo. Nem o nome dele ela sabia ainda.

— Ah... sim. — Parecia a coisa certa a dizer.

Ele se aproximou do rosto dela, já colocando a mão na parte de trás de sua cabeça, por cima de seu cabelo. Quando as bocas se tocaram, ela foi surpreendia pela língua de seu companheiro penetrando sua boca. Não tinha ideia do que fazer porque não sabia como eram beijos de língua. Ele movia os lábios em frente aos dela, como um animal que é familiar aos seus instintos e corresponde a eles, mas ela era o contrário. Não sabia exatamente quais eram os seus instintos, tampouco o que fazer. As mãos dele percorrem seu corpo, descendo pela sua cintura, acariciando as partes de sua pele que ficam expostas no vestido. O jovem homem não demorou para estranhar a ausência de reações da entidade encarnada.

– Cara, tá tudo bem com você?

– Ham... – Primeiramente, ela hesita em responder, ainda processando o que estava acontecendo. – Está, sim.

Ele não dá muito valor para sua resposta, sendo que sua falta de reação quando beijada havia deixado claro que algo não estava bem.

– Você é meio estranha... – ele diz, mas seu olhar se mantém o mesmo enquanto admira a aparência dela sob as luzes brilhantes da festa. – Ah, meu nome é Luiz. – Agora ela sabia o nome dele. – E o seu?

– Eu? Eu sou a Morte.

O que mais ela poderia responder?

– O quê?

O mesmo vale para ele...

– Eu sou... a Morte.

– Cara... – ele diz com um sorriso. – Eu preciso te apresentar para os meus amigos. Vem comigo.

Ela não se sentiu necessariamente feliz de segui-lo, mas ficou aliviada da falta de orientação que estava sentindo antes. Agora tinha algo que a guiava, já que seguia Luiz, que a puxava pelo braço sem fazer muita força. Se fosse desfeito o contato físico, facilmente se perderiam naquela quantidade impressionante de pessoas, todas atraentes e seguindo os padrões que já haviam sido identificados pela Morte. Os dois chegam em uma área onde há algumas pessoas reunidas, sentadas em sofás próximos. Uma moça loira e altamente arrumada se aproxima de Luiz e lhe dá um beijo rápido na boca. Morte acompanha com curiosidade, pois era quase a mesma coisa que ele estava fazendo com ela alguns minutos antes. Mas a beijada atual claramente compartilhava da naturalidade dele em fazê-lo.

– Gente, vocês precisam conhecer essa mina que eu trouxe aqui – Luiz fala para as pessoas que estavam mais próximas. – Ela disse que se chama... Morte.

– Uiiiiiiiiii. Góticaaaaaaa – debocha uma garota que estava participando. A moça loira que havia beijado Luiz olha para Morte com um tom misterioso que ela não consegue decifrar. Mas, no mínimo, dá para perceber que é friamente observador. Em um segundo, a expressão facial dela muda completamente, como faria uma besta furiosa se conseguisse enganar sua presa no mesmo segundo em que ela notasse sua verdadeira intenção. Com grande simpatia e um jeito tão convidativo quanto era possível, ela disse para nossa protagonista:

– Você tem que vir ficar com a gente, amiga. – Ela sorri de forma linda, como se fosse uma atriz e já tivesse encenado mil vezes aquela cena, até chegar à perfeição. – Vem comigo.

Pela primeira vez, Morte se sente legitimamente bem de uma forma simples. Sentia-se confortável seguindo a moça linda e simpática para acompanhar suas amigas. O pertencimento, claramente, era um prazer certeiro. Brevemente, antes de sair de seu campo de visão, Morte vê a Arena do Suor e Lama, anteriormente introduzida pelo anúncio que havia aparecido no aplicativo de seu celular. Havia duas mulheres com pouquíssimas roupas e muito sensuais. Seus corpos eram perfeitos, seus cabelos lindos e altamente produzidos. Elas estavam posicionadas uma diante da outra para se enfrentarem sobre um suporte preenchido com lama. A natureza e a finalidade daquilo cativaram a mente de Morte por breves segundos.

Se fosse apenas por breves segundos que Ricardo havia se distraído pensando nos prazeres que Morte estava tendo no Baile dos Vivos, talvez o resto da sua noite tivesse sido mais agradável. Mas ele havia perdido miseravelmente essa batalha. Os prazeres infinitos e invejáveis que a Morte estava tendo eram uma fantasia que não largava sua mente, como se fosse uma maldita possessão.

"Ai, eu sou um lixo...", era um de vários pensamentos similares que passavam por sua cabeça.

Contava que ia passar a madrugada toda sentado na cadeira de praia que havia deixado na rua, simplesmente desfrutando dos efeitos que o álcool causaria em sua consciência, mas esta, agora, era sua pior inimiga. Seus pensamentos eram insuportáveis. As curvas do corpo da Morte, aquela entidade cósmica, tinham passado diante de seus olhos muito brevemente. O formato de seus seios por baixo do vestido generosamente decotado. Seus longos cabelos negros, coerentes com a imagem estereotipada que possuía na cultura *pop* em contraste com sua pele pálida. De volta em sua casa, naquela sala que parecia extremamente medíocre e miserável com seus móveis velhos em comparação às excitantes promessas das luzes de neon do Baile dos Vivos, ele se senta no sofá e larga sua cerveja na pequena mesinha de apoio à frente do móvel. Ele a deixa lá como um ato de abandono. A cerveja enlatada era onde estava depositada toda sua expectativa de prazer naquela noite em que havia representado um papel-chave no equilíbrio cósmico. Porém, naquele momento, sentia desprezo por ela, como se fosse uma representação de como era pequeno e ridículo.

Ricardo ficava preocupado com sua rápida piora. Não era a primeira vez que isso acontecia. No passado distante, já havia sentido gatilhos que lhe faziam muito mal. E, de repente... Não era mais o mesmo. Sua paz de espírito tinha viajado para uma distância infinita. Tentava não pensar muito na possibilidade de ser isso que tinha acontecido, pois seria péssimo sinal.

Talvez ter estado ao lado de um ser cósmico de importância fundamental não tivesse lhe feito sentir compartilhar de sua grandiosidade. Justamente o contrário. Havia acabado por sentir-se infinitamente pequeno em comparação a ela.

Mas como ela era linda. Como sua imagem o assombrava.

Enquanto isso, no Baile dos Vivos, Morte tinha dificuldade para acompanhar tudo o que estava sendo falado na conversa entre aquelas mulheres, mas, ainda assim, apreciava estar entre elas, mesmo se distraindo com a música alta na maior parte das vezes e perdendo a linha da conversa, divagando em seus próprios pensamentos. "Quando será que ia acontecer?", ela pensou. Quando teria um dos grandes momentos da vida? Antes estava desorientada, mas agora, que sentia ter encontrado um lugar e um caminho, ficava animada pensando na possibilidade de ter experiências incríveis. Seus pensamentos são interrompidos quando percebe que uma das mulheres sentada junto ao grupo está rindo, olhando em sua direção. Ela se atenta à mulher, deixando claro que quer entender.

– Você parece que tá em outro mundo – diz a mulher rindo. Seu sorriso era incrivelmente lindo, assim como seu cabelo, sua maquiagem, suas roupas e toda sua montagem perfeita. – Sua carinha tá muito distraída. Não é, gente? – ela compartilha simpaticamente com as outras garotas da roda.

Morte olha para a moça loira que a havia cumprimentado e introduzido-a. Por menos de um segundo, ela vê uma expressão facial misteriosa que logo é alterada para um belo e carismático sorriso. – Imagino que a Morte deve ter muitas coisas para pensar. – Arregala os olhos brincalhona.

– Pois é... – Morte ri timidamente.

– Nossa, como você é figura, amiga! – Ela tira o celular de sua pequenina bolsa e olha atentamente para ele com suas pálpebras pintadas e cílios postiços. – Vamos tirar uma foto juntas? – ela pergunta com animação na voz. – Eu te adorei! Você é muito engraçada!

– Ah… tudo bem. Como faz? – Morte diz pensativa.

– Como assim "como faz"? Você é muito engraçada. – E se aproxima de Morte para tirar uma *selfie*.

Ela sorri e faz uma pose que fica extremamente atraente no reflexo da tela do celular na primeira tentativa. É incrível como ela é boa em reproduzir uma imagem bonita na tela com tanta facilidade! Outra moça, extremamente bonita também, aproximou-se das duas para aparecer na foto. Diferentemente delas, Morte não soube muito bem como reagir e não gostou muito de como sua imagem saiu na foto, mas procurou não ficar pensando nisso.

– E aí? Você vai beber o quê? – a loira perguntou pouco depois.

– Eu não sei o que é bom para falar a verdade. – Depois da última experiência, ela não acreditava que valesse a pena dizer outra coisa.

– Nossa, tô vendo que você é muito criança. Você é muito engraçada, sério – a loira responde com um sorriso muito bonito e simpático.

– Ah… Obrigada?

– Deixa que a gente pede alguma coisa para você.

Por menos de um segundo, a mulher loira olha para suas amigas, direcionando a elas um sorriso diferente do que estava mostrando para Morte enquanto conversavam. Após esse tempo infinitesimal, ela já retorna a sorrir como antes. Muito rápido e discrepante, como se o dia pudesse virar noite e, imediatamente, virar dia novamente, tão rápido que lhe faria questionar se aquilo havia acontecido mesmo ou se tinha sido apenas uma impressão.

— Qual o nome dessa bebida? — Morte pergunta apreensivamente, olhando para o copo em sua mão, preenchido com um líquido dourado que parecia fosforescente, refletindo as luzes neon que piscavam no Baile dos Vivos. Na borda do copo havia uma pequena caveirinha de enfeite, onde normalmente colocam uma rodela de limão.

— É a Onça Selvagem. Bebe, se você aguentar, amiga — a mulher loira diz como um desafio. — Aqui nós somos todas onças selvagens — ela fala, soltando uma risadinha infantil e divertida depois.

— Eu sou mesmo — reforçou uma das mulheres mais altas que as acompanhavam. — Tô até com minha pele de oncinha aqui — ela diz apontando para sua (pouca) roupa, que simulava as cores da pele de uma onça.

— Vamos ver você — a loira diz, rindo novamente.

— Vamos ver... — Morte completou.

Cuidadosa, ela aproximou a bebida lentamente de sua boca, ingerindo uma quantidade bem pequena. Não chegou a ser muito gostoso, mas achou tolerável. Acreditou que assim conseguiria ingerir o copo todo. Mas sua acompanhante loira não presta atenção. Ela está atenta a algo em outro lugar, olhando suspeitamente. Sua expressão está séria, sem se alterar. Ela diz:

— Eu vou fumar, amigas. Vamos fumar?

Todas concordam. Morte descobre que há um espaço reservado fora do Baile dos Vivos, como se fosse um chiqueirinho fedendo a fumaça, onde havia pessoas separadas, apenas fumando e conversando em pé. A mulher loira tira uma caixinha de cigarros da bolsa, coloca um na boca e depois dá um para Morte.

— Toma, Morte. Fuma, para você morrer mais rápido, igual a gente.

Morte fica olhando para o cigarro. Ela sabia o que era e sabia perfeitamente bem que causava mais de oito milhões de mortes por ano, mas tinha um pouco de dúvida sobre como fumar.

— Espera, você nunca fumou, né? — A loira adiciona rapidamente. — Amiga, você é muito bebê, sério! Você mostrou sua identidade antes de entrar aqui, louca?

— Mostrei — Morte responde com simplicidade, sem entender a brincadeira. A loira acende o cigarro na mão dela com um isqueiro de cor rosa-choque e a orienta:

— Puxa a fumaça para dentro o máximo que você conseguir e depois solta. Os truquezinhos você aprende depois.

Ela traga do próprio cigarro e depois exala a fumaça pelas narinas, esboçando um sorriso satisfeito em seguida. O fedor era forte e terrível, dando uma vontade genuína de se afastar, mas Morte faz como foi orientada. Depois de puxar a fumaça, sente um incômodo forte na sua garganta e começa a tossir involuntariamente, levando algumas das moças próximas a rir.

— Tem que soltar tudo, bebê — a loira explica e para de lhe dar atenção. — Vocês viram o showzinho de aberração? — Ela começa a puxar assunto, dirigindo-se mais diretamente às outras garotas. — Tava olhando agora, antes da gente vir aqui. Já basta aquele vestido que ela estava usando! — Todos os seus comentários eram feitos com um sorriso largo. Morte começa a apenas deixar o cigarro próximo de sua boca, mas sem aspirar mais, para não sentir o gosto horrível novamente.

— Será que ela tá tentando compensar o chifre que levou? — uma amiga da loira fala rindo. — Não se contenta em fazer papel de corna, também quer ser palhaça.

Todas riem fortemente, tremendo e apertando as pálpebras. Morte sorri levemente por reflexo, não entendendo realmente a razão da graça.

— Essa garota é uma piada! — a loira oficializa rudemente. — Viram aquele vestido que ela tava usando? Todo apertado na bunda? Pra quê, se ela nem tem bunda? — Todas riram com muita energia. — Aí, para coroaaaaaaaaar, pra coroar a boba da corte do baile... Ela ainda vai na Arena. Tipo, amiga, é oficial. Você é muito otária. Volta para casa e se mata, por favor. — Elas riram, todas em concordância com o que era dito.

— Olha a carinha da Morte! — uma interrompe fofamente. — Tadinha, ela nem sabe de quem a gente tá falando.

— Melhor nem saber, francamente — a loira diz, irritada.

— Gente, falando na Arena de Suor e Lama, vocês viram quem arrasou? Meu Deus! Essa mulher é diva demais! — Ela elogiava com uma paixão proporcionalmente igual ao desprezo com que se referia à outra garota. — Você conhece a Sif de Midgard, né?

Morte não respondeu, nem precisou, para as garotas perceberem que ela não conhecia. — É claro que ela não conhece! Ela nunca nem fumou! Parece que veio de outro planeta — outra garota se aproxima dela e diz. — Aqui, pega seu celular para eu te mostrar. — Morte aproveita a deixa para jogar o cigarro no chão, já pensando que, se alguém lhe perguntasse, diria que já tinha fumado. Ela ainda percebe a loira olhando brevemente para ela com uma intenção oculta, mas decide parar de pensar nisso, visto que não consegue decifrar, e dá atenção para a outra moça, que começa a mexer no seu celular.

— Nossa, como seu celular é velho! De onde você tirou isso? Parece mesmo que você veio de outro planeta, gata.

Logo ela entra em uma página de uma rede social de "Sif de Midgard".

— Essa mulher é perfeita! — a moça explica, entusiasmada. — Ela é meu exemplo de vida, é tudo que você tem que seguir neste mundo. — Na página havia várias fotos atraentes da moça que se denominava "Sif de Midgard", sempre sensual e elegante. — Ela veio para cá, no Baile dos Vivos, tá postando tudo ao vivo. Sério, ela tem muitos seguidores. Olha só como é maravilhosa! — Ela, então, clicou em um vídeo em que era possível ver a moça usando um biquíni (muito pequeno) e avançando para enfrentar outra moça de biquíni na Arena de Suor e Lama.

— Nossa! — Morte não conseguia entender a diferença entre a blogueira Sif de Midgard e a outra moça que estava sendo ridicularizada impiedosamente pelo grupo de moças.

— Nossa! — diz Ricardo, olhando para o sêmen que estava ejaculado em sua mão direita. Ele estava sentado na privada do banheiro de sua casa com os arredores de seu pênis molhados como resultado do orgasmo que havia acabado de causar a si mesmo pensando em Morte, que havia recebido havia algumas horas no mundo dos vivos. Sentia-se fraco e arrependido. Não conseguiu resistir a todo o desejo que a breve lembrança dela havia causado. Preferia não estar passando por isso. Se conseguisse se controlar... Se conseguisse controlar o que pensava e o que sentia. Mas Morte não saía de seus pensamentos...

Ele se arruma e lava as suas mãos, depois se senta no velho e desconfortável sofá de sua sala. Percebe que está triste. Fazia muito tempo que não se sentia assim. Mais um pouco e talvez fosse capaz de chorar. "Não é possível. Será que estou apaixonado?", ele pensa consigo próprio. "Que loucura!". Sua intenção era o quanto antes reverter o estado em que havia ficado e retomar o plano original de ficar sentado na calçada da rua bebendo cerveja. Mas, simplesmente, não sentia vontade suficiente para se levantar do sofá. Derrotado, acessa a internet pelo seu celular e procura filtrar sua pesquisa pelas palavras...

BAILE DOS VIVOS.

Apesar de saber que aquilo não lhe faria bem algum, a tentação era mais forte do que sua autopreservação. A bela personificação da Morte não saía de sua cabeça de jeito nenhum. Sentia-se muito fraco diante da mera perspectiva de resistir. Havia passado poucas horas desde que o Baile dos Vivos tinha começado. Aliás, fazia poucas horas que ele havia recebido a Morte e começado a sofrer. Sua mente estava tão inundada de pensamentos desagradáveis que, para ele, a impressão era de que havia passado muito mais tempo. Mesmo assim, sua pesquisa na internet já lhe fornecia uma enorme variedade de conteúdos para fazer o que queria... Ver a Morte novamente. Ter sua pálida e linda imagem diante de seus olhos.

As fotos que apareciam relacionadas com a festa sempre traziam pessoas expressando muita felicidade. Era incrível como todos saíam bem naquelas fotos. Eram muito belas de rosto e fisicamente. Todas exalavam atração. Todas faziam Ricardo sentir inveja. Então ele a viu! Ao lado de uma moça de cabelos pretos. Estava a Morte junto a ela em uma foto! O corpo de Ricardo esquenta e seu coração começa a bater mais rápido, temeroso com a confirmação inevitável que ele já sabia que ia ter, de que a Morte lhe despertava o desejo mais profundo que já havia sentido em sua vida. Só a roupa dela que era estranha na foto. Por que estava com outro vestido? Aquele não era o vestido usado de sua irmã. Então... Começa a ficar evidente... "Como é possível?", ainda em sua sanidade. "Aquela não era a Morte". Só era um pouco parecida, mas por causa da roupa ele percebeu as diferenças. Ela só era similar por ter um estilo um pouco gótico, que a lembrava. Também era linda... Ele pensa em como elas têm sorte... e nem devem perceber. Sorte por serem do jeito que eram, e não serem como ele. Ricardo volta a passar as fotos. O algoritmo sugere um vídeo de que ele deve gostar. É creditado a uma moça chamada "Sif de Midgard". Apesar de estar toda suja de marrom (parecia lama, era improvável que ela estivesse cagada), ela conseguia continuar muito bonita. Era incrível.

"Agora há pouco, irmãos e irmãs, como vocês puderam ver, eu tive essa oportunidade de colocar todos os meus instintos reprimidos para fora na Arena de Suor e Lama". Sif dizia olhando para a câmera, filmando a si mesma. "É um êxtase que só estando aqui, só vivenciando, para você poder sentir a experiência. Porque é uma experiência verdadeiramente espiritual, assim. Você sente que você realmente tá deixando todos os seus problemas para trás. Todas as merdas, todas as inseguranças, todas aquelas coisas que você não gosta. 'CARALHOOOOOOOO'. É como se você tivesse gritando assim... Sabe? Deixando tudo para trás. Só sei que é muito louco, cara. É muito louco. Dou graças aos deuses, graças a Odin, por eu estar aqui hoje. Vou continuar mandando tudo para vocês, galera! Beijos! Valhalla nos aguarda!"

Ricardo estava totalmente encantado. Não se sentia assim desde que idolatrava artistas na adolescência. Empolgava-se imaginando como devia ser incrível estar no Baile dos Vivos, como a Morte, como Sif de Midgard e como todas aquelas pessoas atraentes. Imaginava como deviam ser as músicas. Será que era capaz de imaginar? As músicas deviam ser boas demais. Tipo de coisa muito divertida que ele nem devia conhecer.

4
Até que a Morte os Separe

Morte se surpreendia como a música que estava tocando no Baile dos Vivos era insuportável. Imaginava que, com o tempo, podia se acostumar, mas estava ficando cada vez mais cansada de ouvir, assim como não aguentava mais os seus pés, que doíam muito com o salto alto.

– Ai! – ela grita agudamente. Havia levado um susto com mais um homem que tinha beliscado sua cintura de repente, bem em uma pequena parte de sua pele que ficava exposta fora do vestido. – Que susto! – ela diz, olhando estarrecida para o atraente homem que ela nunca tinha visto antes, apesar de ele a ter beliscado repentinamente.

– Quer ficar comigo? – ele pergunta com um semblante confiante e sorridente, expondo o hálito de cerveja para a Morte.

– Não, não, não. Obrigada. – As primeiras vezes que isso tinha acontecido ela tinha hesitado e pensado, mas depois de algumas experiências com esses homens bêbados colocando a língua dentro de sua boca, ela percebera que não ficava mais agradável do que havia sido a experiência com Luiz, o namorado da moça loira que olhava esquisito para ela (ainda não tinha entendido eles estarem juntos se ele a tinha beijado). Alguns ainda tinham na boca o mesmo gosto de cigarro, que ela tinha detestado, então ficava cada vez mais incomodada. Preferia se sentir segura.

– Mortiiiiiiii... – a moça loira a chamava agudamente enquanto se aproximava dela com suas amigas. Todas tinham sorrisos e olhares diabólicos.

– Oi... – ela responde, entendendo menos a cada momento suas intenções.

– A gente pensou em uma coisa que você ia arrasar!

– E o que é? – sua fala insegura expunha fragilidade.

– Menina! – A moça faz uma introdução ansiosa e exagerada. – Você tem que participar da Arena de Suor e Lama! – Todas ao redor concordam em alta animação.

❧ ☠ ❧

Deitado em sua velha cama sem sequer ter escovado os dentes ou tomado banho, Ricardo percebe que já fazia uma hora que havia se recolhido, mas ainda não tinha conseguido dormir nem por um segundo. De sua cabeça não saíam os mesmos pensamentos: só pensa na Morte. "Não pode ser bom ficar pensando na morte assim...", ele analisa para si mesmo. Resolve se levantar para tentar se distrair, já que o sono parece uma conquista muito, muito distante. Senta-se na mesa de seu velho computador, que não ligava havia muito tempo, e aperta o botão para ligá-lo. Enquanto carrega, pega seu celular para ficar matando o tempo. A primeira coisa que vem a sua cabeça é retomar a pesquisa sobre o Baile dos Vivos. Não deu outra, quando ele pesquisa já há muitas atualizações que não tinha visto. "É claro que eles não pararam...", ele pensa. "Estão aproveitando a vida. Não são como eu, que não tem nada melhor para fazer do que recostar e morrer...". Passando pelas atualizações, vê moças lésbicas muito belas se beijando. O efeito que lhe causa desperta uma atração de que nem se lembrava mais. Fazia muitos anos, quando era mais jovem, que via moças se beijando porque achava excitante. Uma vez até tinha participado de um beijo triplo, quando estava bêbado, com algumas amigas. Era desconfortável, mas gostava de fazê-lo pela ideia de extremismo que lhe causava. Fazia com que se sentisse legal. Começou a sentir falta de quando era jovem. Era algo que definitivamente não tinha mais. Como se lhe faltassem cores...

"O que aconteceu com a minha vida?", Ricardo se pergunta. A concretização do questionamento o afeta tanto que seus olhos se enchem de lágrimas. "Jesus... Eu estou chorando? Por que eu fui escolhido para essa tarefa horrível? Só para sofrer?". Ele fica horrorizado ao perceber as próprias lágrimas caindo pelo rosto. "Como eu fui me sentir assim? Eu não estava bem antes? Desgraça...". Seus pensamentos não são seus, ele só consegue pensar na Morte. "Maldito momento em que eu fui olhar para ela! Nunca devia ter feito isso!".

Quando o computador termina de carregar, Ricardo já não se lembra mais o que pretendia fazer nele. Só conseguia pensar na Morte... Incomodado com as lágrimas que sujavam seu rosto, parte para o banheiro para se limpar na pia. Quando enxuga o rosto e o ergue de frente ao espelho, reconhece que seu sofrimento estava só começando.

– Olha só para você... – ele diz, sozinho, com muita amargura. – Você é horrível.

❦ ☠ ❦

– Olha para você! – a loira exclama para a Morte, que continua sem entender muita coisa. – Vai ficar perfeito demais! Essa sua pelezinha branca, esse seu jeitinho gótico, com esse cabelão. Você tem que ir! Você viu as postagens da Sif de Midgard?

– Humm... Ela me mostrou. – Morte fala tentando se lembrar do nome da moça que havia lhe mostrado as postagens da blogueira.

– Então! Se liga só! – Ela mostra no próprio celular uma foto postada pela Sif de Midgard, em que ela comemorava, coberta de lama, e só com as roupas de baixo, esticando os braços para cima e gritando. Cada centímetro do seu corpo expunha uma musculatura bem definida. Na legenda estava escrito: "Minhas inimigas caíram por minhas unhas maravilhosas! Por Valhalla! Por Odin!". – Você tem que ir lá, amiga. Não dá para recusar. Pensa, quando você vai ter essa chance de novo?

– É. Eu só vou viver uma vez... – Morte começa a concordar.

– Exatamente! Quem melhor para saber isso do que você? Hahaha! – A loira ria com muita energia.

Logo, a Morte estava acompanhada pela loira na fila para participação na Arena de Suor e Lama. A fila era pequena, com algumas poucas pessoas risonhas e divertidas, de vez em quando parando para registrar nos celulares o que estavam fazendo.

— Ai, você vai ficar linda. Vai ser demais!

— Você vai lutar também? — Morte pergunta ingenuamente. Estava com a mente aberta a muitas coisas, visto que nunca esperara entrar em uma luta e ficar toda suja de lama para aproveitar seu único dia de vida.

— Eu? Eu não! — Ela ri. — Eu sou muito magrela. Não estou preparadinha aqui, igual à senhora Morte. Hahaha. — Morte aceita a explicação, até porque não lhe era familiar o conceito de "preparadinha" para questioná-lo.

— Amiga! Te achei! — falou uma bela moça de cabelos escuros se aproximando da loira. — Eu preciso te falar uma coisa. Sabe a Cristal? — A loira ouve com um olhar muito sério. — Eu vi! Eu vi ela, amiga! — Seu tom de voz era baixo, como quem fala algo tremendamente interessante, mas que não pode ser ouvido pelos outros. — Ela tava no bar! Junto com um cara magrinho. Negro. Com uma camisa branca. Você conhece? Olha. Eu achei ele. — Ela saca o celular para mostrá-lo à loira. Morte estranha como elas sequer se incomodam de ela perceber que estão falando baixo para ela não ouvir, ao lado dela.

— Ridícula. Deve ser só isso que ela consegue pegar — a loira comenta com uma raiva fria, olhando para a tela do celular da morena. — Com aquela cara de ratinho que ela tem, deve encher o cu de queijo. Ratinha.

— Deve trabalhar para a Cinderela, né? — A morena ri forçadamente.

— Ela é uma ridícula. Igual a ele.

— Tá pensando em terminar, amiga?

— Quê? O Luiz? Ah, sei lá. Também não ligo. Se terminar, foda-se. Eu não ligo de ficar sozinha. É que eu fico cansada, ele é o maior otário, sabe? A gente fez um combinado, sabe? A gente sempre faz assim: se é um evento pode ficar à vontade, tudo bem. Mas, porra, não fode também, né? Não fode. Eu sempre falo, já tô cansada, parece que ele não entende.

— Ai, você tem razão, amiga. Você tá coberta de razão. Eu agiria igual a você.

— Mas tá tudo bem. Você acha que eu vou me estressar? Você acha que eu vou deixar isso estragar a minha noite? Não mesmo!

— Não pode deixar mesmo. Tem que ser resiliente. Autêntica. A gente segue a Sif de Midgard. A gente tem que ser igual a ela!

— É... — Ela altera o tipo de palavras sem alterar a expressão ou o tom de voz. — Agora, me faz o favor de cair fora daqui. — Enquanto a morena processa a orientação, a loira passa seu braço sobre os ombros da Morte. — Eu quero ficar sozinha com minha amiguinha gótica aqui.

— Tá tudo bem? — Morte pergunta sem ter algo melhor para falar.

— Claro que está, amiga! Olha, chegou nossa vez. Fala com a moça, aí!

Morte vê uma jovem simpática com batom verde fosforescente atrás do balcão. — Boa noite! Vai lutar na Arena de Suor e Lama?

— Ánn... Eu vou, sim! Como é que eu faço?

— Eu preciso que você assine este termo aqui, tá bom? — Ela coloca um papel à frente, que era impossível de ler com as luzes coloridas brilhando do jeito que estavam. — E neste outro aqui você coloca suas informações.

Morte assina, a loira acompanha com os olhos, perguntando:

— Seu nome é Morte mesmo? Assim... "Morte"? Não é igual àquele desenho, "Rick e Morty"?

— É... É só Morte. — Não tem outra resposta em que consiga pensar.

— Você é mesmo muito bacana. — A loira dá um sorriso bem apertado.

Usando as informações que estavam no documento da sua bolsa, Morte preenche os papéis e a moça a orienta:

— Este aqui é seu número. É só você esperar daquele lado ali que eles te orientam onde você pode se trocar. — As duas avançam para lá e entram juntas em um pequeno vestiário.

— Você veio sem sutiã — a loira diz. — Eles têm uns *tops* aqui para você colocar.

A Morte olha as opções disponíveis. Não se sente muito à vontade com nenhuma, mas decide pegar o preto, mais neutro, que ainda deixa um pouco dos seios expostos. — Será que eu pego essa... tanga também?

— Não sei. Você já tá com a calcinha. Você que sabe. Eu nunca fui lutar na lama toda gostosa com os *boys* me secando.

— Haha. — Morte ri, pois entende que aquilo era para ser engraçado. No fundo, não tinha a mínima ideia do que estava fazendo. Nunca tinha agredido alguém, tampouco apanhado. Só estava tentando aproveitar a vida.

— Que vontade que eu tenho de te socar — Ricardo fala furiosamente para o próprio reflexo que vê no espelho. — Queria te picotar, te fazer em pedacinhos, seu merda — ele xinga a si mesmo. "Preciso parar com isso... Preciso ir fazer alguma coisa. Tirar logo esses pensamentos da minha cabeça." Ricardo já havia tido crise suicida no passado, quando era muito mais jovem, então se preocupava para onde seus pensamentos poderiam levá-lo se continuassem piorando. "Por que bem em um dia em que eu estava tão animado, tão ansioso? Queria tanto contribuir com o Universo recebendo uma entidade cósmica na minha casa, um privilégio único em toda a história, e bem agora fico com esses pensamentos negativos me atormentando? Bem...", ele aceita. "É assim mesmo". Ele saca seu celular como quem já desistiu de resistir e volta a pesquisar publicações relacionadas com o Baile dos Vivos na esperança de encontrar a Morte em alguma delas. Há fotos que ele acha bem sensuais, de garotas com pouca roupa e todas sujas de lama na arena. Ele logo relaciona esses pensamentos com a Morte.

"Será que tem alguma foto dela assim? Toda suja de lama e quase pelada?" Ele se pergunta enquanto passa pelas publicações. "Não. Ela provavelmente nem precisaria fazer isso. Participar de uma coisa dessas... Se machucar, se expor para chamar atenção. Ela, com certeza, é o tipo que fica segura se divertindo fazendo as coisas de que gosta, sem precisar disso, de autoaprovações". Ele passa um curto tempo analisando os próprios pensamentos. "Uma pessoa completa".

— Tá pronta, amiga? – a loira pergunta.

— Ãnn... não. – Morte responde sinceramente diante da lona, usando o *top* preto que era do baile e a calcinha da irmã do Ricardo. Em retorno, a loira apenas ri. Nem tão forçado dessa vez.

— Acabou, podem subir – diz uma moça de cabelo rosa que parecia estar fazendo o papel de juíza na "arena".

Um pouco ansiosa, Morte sobe os degraus para adentrar ao suporte da arena, logo vendo a substância gosmenta e marrom que estava em todo o lugar. No lado oposto ao seu havia uma mulher asiática, também de biquíni, com o corpo bem forte, com destaque para seu bumbum bem volumoso. "Nossa, que bunda grande!", Morte pensa consigo. Ela foi orientada a aguardar a juíza anunciar o início da luta para entrar na lama. A apresentação começa.

— Boa noite todos, todas e todes! Vocês estão prontos para mais um combate de suor e lama? – Algumas pessoas gritavam com entusiasmo. As mais entusiasmadas o faziam enquanto se filmavam com o celular. – Vamos lá! Que essa é a melhor noite das nossas vidas, porra! – As palavras causam uma pequena ansiedade em Morte. Às vezes tinha um pouco de dúvida se estava fazendo as coisas direito. – Aqui, do lado direito, temos nossa bela participante... chamadaaaa...? Olíviaaaaaaaaaaaaaaaaaaaaaa! – As pessoas batem palmas e gritam novamente. Olívia faz posições diferentes com o corpo enquanto pessoas do lado de fora da arena a fotografam. Aparentavam ser intencionais. As poses destacam bastante seu bumbum grande. Morte sente que não pode fazer isso porque seu bumbum é pequeno, ao menos em comparação ao dela...

— E do outro lado... para entrar no combate, nós temos a...? MORTE! — as pessoas gritam novamente, mas Morte não tem a mínima ideia de como reagir. Fica apenas em pé, com os braços para baixo. — Gente, vocês fazem uns nomes muito criativos... Agora, as regras, antes de começar a luta! Quer desistir? Só bater com a mão no chão duas vezes! Paramos a luta de imediato! Proibido furar olhos, socar partes íntimas, morder ou puxar cabelo. A intenção é só afogar sua adversária na lama. Todes prontos, prontas e prontes? Começou!

Ainda sem saber direito o que fazer, Morte avança insegura, colocando os pés na lama. Já havia passado por substâncias parecidas, mas corporalmente era muito diferente. Era ruim de andar, mas Olívia já havia amarrado seu longo e belo cabelo, avançando atentamente na direção dela como uma predadora. Morte não conseguia fazer melhor do que olhar. Nunca tinha precisado se defender. Até agora...

A opositora da Morte mostrou rapidamente que sabia muito bem o que estava fazendo. Em poucos segundos estava atrás dela, fazendo uma chave de braço no seu pescoço e com a boca bem próxima de seu ouvido enquanto as pessoas vibravam, gritando. — Nem pensa em bater no chão antes de cinco minutos que eu tenho que gravar um *reel*. Você ia estragar a minha noite.

— Tudo bem... — Morte responde esganiçada, sem ter certeza de que a combatente conseguiu ouvir. A última coisa que ela queria era estragar a noite de alguém! Olívia logo larga

Morte e aplica outro tipo de chave, típico de lutas livres, caindo sobre ela e impedindo o movimento de seu corpo.

— Ai! Minha alma! — Morte grita de tanta dor, que parecia ultrapassar a sensação de seu corpo. A mulher havia caído com o braço sobre o seio dela, que até então ela não tinha ideia de que era tão sensível.

— Qual é seu problema? — a mulher pergunta.

— Qual deles? Especificamente? — Morte geme, ainda não acreditando na dor que estava sentido. Arrependeu-se absolutamente de ter entrado naquele lugar. Pensou: "Por que eu fui fazer isso?".

— Você não faz nada. Por que veio aqui? Você não quer lutar?

— Ai, eu não sei. — Morte sente vontade de chorar, mesmo não percebendo ainda.

— Vai ficar estranho... Tive uma ideia, vou te ajudar! — Então Olívia revela seu plano. — Eu vou baixar a defesa de uma forma que eles não consigam perceber. Aí você aproveita e me derruba na lama. Senão tem o risco de pensarem que foi muito fácil para mim. Afetaria meu engajamento... Vai!

A lutadora se levanta rapidamente, mas o que Morte desejava de verdade era ficar lá deitada na lama para sempre, combinando com o significado do seu nome. Mas lembra-se de que Olívia ficaria muito chateada e teria sua noite destruída se seu *reel* fosse um fracasso, então se esforça para se levantar. Pula desajeitadamente na mulher, abraçando-a, enquanto grita, de forma que as duas caem juntas na lama, levantando uma pequena onda de lama para todos os lados.

— Droga. Foi muito ruim, você não tem jeito mesmo. Vão achar que é uma farsa. Vou ter que te finalizar. — Com a velocidade de um pensamento, Olívia inverte a posição com a Morte e puxa sua perna impiedosamente.

– Aaaaaaaai! Minha alma! Ai! Ai! Ai! – Morte grita enquanto bate os braços contra a lama.

– Ai... – Ricardo diz silenciosamente para si mesmo. Seus olhos estavam fechados e sua respiração lenta. Tentava focar na dor que sentia, concentrada no seu braço esquerdo. Várias partes de sua pele estavam avermelhadas e puxadas para cima pelos pregadores que havia colocado sobre a pele do braço. Seus pensamentos eram peculiares e sombrios...

"Vai acabar... Só algumas horas. Esse dia maldito vai acabar e ela vai voltar a ser a Morte como era antes. As pessoas vão poder voltar a morrer. Meu sofrimento vai terminar... Com o tempo vou esquecendo da sua... imagem...". A atração pela figura da Morte ainda o perturbava. "E tudo será substituído por outros pensamentos... Outras vivências. Eu preciso conseguir passar por este dia". Ele torcia para que a dor que estava sentindo em seu braço fosse o bastante. Já havia feito isso antes, há muito mais de dez anos, quando era mais jovem e havia passado por experiências de intenso sofrimento. Seus olhos se fechavam com pesar e deixavam escapar lágrimas quentes. Estava cansado daquela dor interna. Era muito grande. Muito mais forte do que ele. Não sentia que conseguiria lutar por muito tempo. Por dentro, só implorava que alguém pudesse salvá-lo. Com a mão direita, pressiona a própria região do peito carinhosamente. De um lado de seu corpo se machucava, do outro, acariciava-se.

❦ ☠ ❦

Depois de passar pelo chuveiro, limpar-se e vestir-se de novo, Morte retorna para a pista do Baile dos Vivos se sentindo chocada com o que tinha acabado de viver. Até então, os únicos lugares onde tinha sentido dor eram os pés, que usavam os malditos saltos, e partes da sua cintura que tinham sido beliscadas repentinamente por homens estranhos. Agora, seu corpo inteiro estava doendo depois de ter enfrentado a moça com bunda gigante. Não sabia como a Sif de Midgard tinha tido uma experiência tão satisfatória lutando na lama. Talvez fosse inferior a ela. "Ai meu peitinho...", ela pensa enquanto processa a dor sentida. Eis que duas garotas de cabelo colorido e óculos se aproximam dela. A de cabelo rosa chama sua atenção falando:

— Moça, moça. Deixa a gente te falar uma coisa.

— O que foi? – Morte já se sente mais apreensiva interagindo com as pessoas.

— Enquanto você tava lá na Arena... Sinto muito pelo que você passou por lá, falando nisso. Mas enquanto você tava lutando, teve umas meninas, aquelas que estavam andando com você, elas tavam te zuando muito.

— Como assim?

— Elas tavam filmando enquanto você apanhava, tirando foto, sei lá, e rindo muito. Tavam tirando sarro de você.

— É, amiga — completa a outra menina, mais alta, de cabelo arco-íris. — Eu sigo uma delas no Instagram. Nem sei por que eu sigo, porque aquela menina é uma filha da puta. Mas enfim... Elas tavam postando e tavam te zuando. Todo mundo perto tava percebendo.

— É. E como a gente é legal, a gente achou que era uma boa vir aqui te avisar — a de cabelo rosa complementa, estendendo os dedões em positivo. — Esperamos que você fique bem. — Despede-se, afastando-se. — Cuidado com esse pessoal. Tem uma galera bem escrota.

Morte fica confusa. O que pensar disso? Será que não deveria mais andar com as meninas que tinha conhecido? Eram elas que a estavam orientando lá dentro. Ela não entendia de festas, não entendia sobre aproveitar a vida. Ficaria perdida. Por mais que as duas moças de cabelo colorido tivessem confirmado, e não tinham qualquer razão para mentir sobre isso, era difícil para Morte se convencer de que elas a estavam humilhando. Era muito gratuito. O que ela tinha feito de mal para elas? Nada. Não havia razão para maltratar alguém assim, por nada. Mas, agora, estava desorientada. Já tinha bebido, fumado, ouvido a música insuportável que ficava pior a cada minuto, beijado um monte de homens bonitos que não conhecia e apanhado igual a uma condenada na Arena de Suor e Lama. Se ninguém a ajudasse, não sabia o que fazer para se sentir melhor. Começava a ficar angustiada. O tempo estava passando! Ela só tinha um dia! Conseguiu ver o grupo de moças em que estava integrada anteriormente e avançou até elas quase que instintivamente, esquecendo totalmente o que as moças de cabelos coloridos haviam falado.

– Não, amiga. Claro que você não é uma filha da puta. É só o seu signo. – Elas conversavam quando notaram a aproximação de Morte. – Amiga! Olha quem chegou, gente! – A expressão da primeira moça que a viu foi tão desconcertada que se assemelhava a uma deformidade.

– Amiga! Você tava demais! – A loira avança falando, com mais uma exemplar rapidez de mudança de expressão e tom de voz. Ela era a melhor entre todas em fazer isso. Talvez fosse a melhor do mundo. – Todo mundo tava te vendo. Você é muito louca, arrasou! – Antes que Morte pudesse responder, ela prosseguiu revelando um envelope. – Olha só o que pediram para entregar para você! – disse como se fosse a coisa mais incrível do mundo.

Morte pegou o envelope e o abriu. Nele estava escrito:

Te convido para um casamento no Baile dos Vivos. Morte, você quer casar comigo?
Ass.: Luiz Leandro Leite.

Havia uma pequena caveira no canto, de enfeite.

❧ ☠ ☙

"Casar com a Morte?", pensa Ricardo, sozinho em sua casa, deitado no sofá e acompanhado apenas de mais uma lata de cerveja. Suas fantasias já estavam sendo reconhecidas como o que essencialmente eram: fantasias. Já se entretinha simulando em sua imaginação como seria se tivesse alguma chance de se relacionar com a personificação da Morte. Veriam-se várias vezes ou seria uma vez só? A própria ideia parecia ridícula para ele, não teria condições de recusá-la se só sua lembrança já o fazia se sentir extasiado. Sua recusa (mesmo imaginada) lhe trazia vontade de morrer. Se ela não tivesse apenas um dia... Será que teriam um relacionamento? Será que ela o amaria, almejaria construir uma vida ao lado dele? Era tão sozinho, não convivia com ninguém. Mas ela era uma mulher perfeita. Não por menos, era a personificação de uma força celestial. E se um dia ela descobrisse estar grávida? Ela sorriria? Como seria um filho da Morte? Um lindo bebê pálido de cabelos escuros como ela?

"Ai, Morte", ele pensa apaixonado. "Bem que você podia me levar com você". Era uma fantasia inédita. Ter abandonada sua desprezada forma mortal para se tornar uma entidade celestial como ela seria bom demais para ser verdade. Mas era perfeito para ser uma fantasia. Enquanto a sustentava, sentia sua alma entrar em um estado de alegria que nunca havia experimentado. Porém, quando a fantasia não funcionasse mais...

– Morte! – diz Luiz sorrindo, com os braços abertos. Seu corpo era musculoso como o de um atleta, seus braços muito fortes, e tinha um corte de cabelo moderno. – Eu esperei minha vida inteira para me casar com a Morte! Hahahaha.

– As meninas a haviam orientado a ir até a simulação de capela de Las Vegas. Nas paredes havia quadros com escritos como "Sem cerveja e amor a vida não vale a pena" e "Eu + você + álcool = para sempre". Luiz e sua namorada não faziam contato visual. Morte não entendia direito porque ia se casar com um homem que já tinha namorada, mas todos estavam achando aquilo normal e, afinal, tinha sido a própria namorada dele que havia entregado o convite de casamento.

– Vocês dois que vão se casar? – pergunta o funcionário responsável pela brincadeira.

– Sim – responde Luiz, mantendo seu sorriso jocoso. – Eu e minha... "noiva cadáver". Hahaha.

– É só preencher estes papeizinhos aqui e colocar a roupa separada, se vocês quiserem.

Mais uma vez, Morte preenche os documentos seguindo as informações que constam nos documentos da irmã de Ricardo (menos seu nome, que mantém "Morte"). Depois, é levada para um pequeno biombo, onde fica privada dos olhares alheios, e lhe entregam alguns acessórios que lembram um vestido de casamento, como tiara, luvas e parte de um saiote, e lhe perguntam quais quer colocar. Ela fala que tanto faz e a moça lhe responde:

– Coloca todos. Vai ficar bonitinho em contraste com seu vestido e cabelos pretos (todos os adereços eram branquinhos).

Quando termina de se vestir, Morte consegue ver seu reflexo em um grande espelho disponível no biombo. Para sua surpresa, ela gosta do que vê. Sente-se alegre pela primeira vez. Até então, só tinha sentido insegurança e dor. "Que bonitinho, eu vou me casar", ela pensa enquanto olha seu reflexo, sorridente. Ela não entendia claramente, mas era a sensação de ser amada.

Quando ela sai, Luiz já está no altar (ainda sorridente, além de sempre muito bonito) usando um blazer que simula o *smoking* normalmente usado em casamentos. As meninas e alguns dos amigos de Luiz estão próximos, todos olhando para ela muito sorridentes.

– E agora? – ela pergunta.

– É só subir aqui. Vou casar vocês – explica o padre (?) que estava lá.

Ela se aproxima e começa a ouvir o discurso do padre.

– Senhora... Morte e... senhor Luiz. Senhores convidados, convidadas e convidades. Estamos unidos, unidas e unides aqui esta noite para celebrar a união de Luiz Leandro Leite e... Morte. Vocês dois compreendem a importância deste ritual?

– Sim.

– Sim – Luiz continuava sorrindo, mas não como quem está feliz. Mais como quem está achando graça de algo.

– Você aceita esta pessoa na alegria e na tristeza, na saúde e na doença, na riqueza e na pobreza, amando-a, respeitando-a e sendo fiel, caso seja uma monogamia, caso contrário, sendo fiel à poligamia... em todos os dias das suas vidas, até que a... morte... os separe? – Ele olha um pouco mais atentamente para Morte depois de dizer isso.

– Sim. – Ela fica um pouco emocionada e ansiosa, mesmo ainda achando estranho o sorriso que Luiz mantinha.

– Sim.

– Então... Pode beijar a noiva – diz o padre, um pouco apático, fechando o livro que carregava. Morte e Luiz se viram um para o outro. Pela segunda vez naquela noite, ele toca seus braços e aproxima seus lábios para beijá-la. Ela mantém os olhos fechados e sente a delicada conclusão daquele ritual milenar. É a primeira vez que se sente delicada naquela noite. Até então, as pessoas haviam lhe tratado de forma que só se sentia um objeto qualquer. Havia algo por trás do seu peito, na região do seu coração. Talvez ela estivesse conhecendo... a alegria? Logo, seus lábios estavam úmidos e a mesma umidade escorreu para seu queixo, depois descendo para seu pescoço. Ela estranhou. Luiz não podia estar babando, ainda mais tanto assim. Enojada, sentiu vontade de limpar a região da sua pele que estava úmida, então se afastou e abriu os olhos. Havia o som das risadas das pessoas ao redor. Dos lábios de Luiz escorria um líquido vermelho como sangue enquanto ele falava:

— Estou morrendo!

Ela se assusta e começa a esfregar o líquido para fora do seu rosto. Não entende nada. Ela sabia muito bem o que era sangue. Aquilo não era sangue! Era apenas algum tipo de tinta. Seu marido falava, ainda mantendo o sorriso de antes da cerimônia. — Minha alma! Minha alma! — com o som das risadas ela entendeu a situação. Era como as moças de cabelo colorido haviam dito. Ela estava sendo ridicularizada. O porquê, ela não sabia, não tinha mais condições para pensar. Sentia com muita intensidade. Seus lábios tremiam como sua respiração, que ficava mais ofegante. Junto à pressão do seu peito, seus olhos se enchem de lágrimas. Ela chora como um bebê ameaçado por tudo aquilo que o machucava e não compreendia. Sem mais razão para continuar lá, ela se vira e sai, deixando as vestes de casamento ao chão junto às suas lágrimas.

— Espera! Volta aqui! É brincadeira! — Ela consegue ouvir a voz de Luiz falando às suas costas.

— Amiga, vem cá!

☙ ☠ ❧

Ricardo percebe que já fazia muito tempo que casamento era um tema que não passava pela sua cabeça. Já não imaginava que iria se casar há muitos anos. Já não se lembra direito há quanto tempo estava solteiro. Sua mãe, já falecida, costumava dizer que queria vê-lo casado. Ela sempre ressaltava que tinha que ser com uma mulher porque tinha ódio de homossexuais. Costumava dizer que "é muito difícil ficar sozinho, sem ninguém. Especialmente vocês, que são homens. Você precisa achar uma moça para cuidar de você, formar uma família. Senão não dá para viver a vida, não dá para aproveitar a vida".

☙ ☠ ❧

Assustada, ainda se adaptando à profunda sensação de tristeza e ameaça que sentia tão intensamente pela primeira vez, Morte chora sentada, sozinha, no primeiro degrau de uma escada do Baile dos Vivos. Lembra do momento recente, conforme sua memória se afasta cada vez mais do presente, quando se olha no espelho vestida de noiva e se sente muito feliz. Sua tristeza era tanta que estava convencida de que nunca mais seria feliz de novo, pois quando se sentiu feliz, estava apenas sendo horrivelmente enganada. Será que só existiam essas opções? Esfregando as lágrimas do rosto com o punho, ela pega o celular reproduzindo o comportamento de 97% das pessoas naquele lugar (nossas fontes averiguaram) e entra nas redes sociais para assistir à vida dos outros. O algoritmo estava direcionando muitas publicações relacionadas ao Baile dos Vivos para ela. Claro que havia sido influenciado pelos mecanismos de escuta não consensuais que os aparelhos eletrônicos usam para pegar informações de seus usuários ilegalmente (nossas fontes averiguaram). Logo aparece uma publicação da Sif de Midgard. Ela fica feliz em olhar, pois ela já sabia quem era aquela *influencer*. Há algumas fotos dela séria sensualmente, e outras sorrindo junto a um homem bonito que estava com ela no Baile dos Vivos. Morte começa a ler o que ela havia deixado na legenda.

"Esse bonitão aí é o cara da minha vida. Já somos parceiros há 7 anos e sei que ainda temos muito tempo pela frente. Nosso amor é uma coisa que nunca vi igual. Parece algo que saiu de um daqueles filmes em que ninguém acredita mais atualmente, como se nossa relação tivesse saído de um romance épico escrito quinhentos anos atrás. Temos uma cumplicidade e uma sintonia sem igual, só a gente mesmo entende. Temos momento de fogo, quente como Surt, e aqueles em que nos acolhemos, com a serenidade de Quione. Ele não é esses caras machistas, me ajuda a cuidar dos nossos filhos sempre que eu preciso; com a gente é meio a meio, de igual pra igual, como todos os caras deveriam fazer. Ele não fica me controlando, se eu tô bebendo, se eu tô fumando, qual roupa eu vou usar ou o que eu tô fazendo. Quando tem um evento diferente, fazemos um combinado sem problema algum. Lutamos juntos em Midgard, em Asgard, mas, na hora de comemorarmos na Valhalla, estamos liberados para fazer o que quisermos! Nada disso afeta o amor entre nós, porque ele já vem de outras lutas, de outras vidas".

Morte para de ler, distraída por uma perna que bate em suas costas, tropeçando desajeitadamente na sua frente. Assustada, ela diz. – Desculpa! – Elegante, usando um vestido branco que revelava várias partes de seu corpo, tratava-se de uma moça jovem, pálida, com cabelo descolorido e uma beleza delicada. Essa beleza se mostrava de forma intensa quando ela olhava nos olhos da Morte, abrindo seu belo sorriso inocente.

– Me desculpa! – ela diz. – Eu não tinha te visto aí. Eu tô muito doida! Espero não ter te machucado.

– Não, não machucou, não. – Morte se sente cativada pela aparência da moça. Tinha a impressão de que era parecida com ela. Se perguntassem, não saberia explicar. Apenas sentia isso com muita força. Era algo comum entre todas as espécies sexuadas que possuíam vida, mas só os humanos buscavam a explicação para isso.

– Tá tudo bem? O que você tá fazendo aí, sozinha? Mais gente pode tropeçar em você!

– Eu... Eu estou muito triste. Minhas amigas não gostam de mim e me deixaram muito, muito triste. Eu nem sei por quê. Juro que eu nunca fiz nada para elas!

– Ai, que triste! Mas isso já aconteceu com todo mundo! Você tem que tomar cuidado com quem você encontra por aí, risos – ela fala "risos" como se estivesse digitando no celular. – Muita gente não é confiável. Eu até vim sozinha para cá, haha, risos.

– Você veio sozinha? – Morte ficou surpresa. Estava olhando diretamente para ela e a cada segundo que passava a achava mais atraente e carismática. Por que uma pessoa assim viria sozinha para uma festa tão popular? – Caramba!

– Eu vim – ela confirmou. – Me fala, amiga, qual seu nome?

– Meu nome? Eu sou a Morte.

– Sério? – Ela arregala seus belos olhinhos claros e se apresenta levantando o braço direito, destacando a tatuagem em que seu nome estava escrito. – Eu sou a Vida!

5
Brincando com a Vida e com a Morte

> "Você sabe, a vida pode ser longa
> E você precisa ser tão forte
> E o mundo é tão duro
> Às vezes eu sinto que já tive o bastante."
>
> *How*, John Lennon

Ricardo estava sentado diante de uma grande folha branca de papel cartão. Dos lados havia velhos materiais de desenho e pintura que estavam abandonados há anos em gavetas de armários esquecidos.

— Jesus! Não lembro há quanto tempo que eu não desenho — ele fala para si mesmo, logo passando segundos com a boca aberta, bocejando. — Estou morrendo de sono, mas não consigo dormir. Quem sabe ser produtivo ajude... — Tocando nos materiais de arte, ele teve uma sensação extremamente distante de estar conectado a eles. Não se uniam há muitos, muitos anos. – Como minha vida piorou...

No Baile dos Vivos, Morte se sentia um pouco melhor. Nada como conhecer uma garota interessante para melhorar a sua vida.

– Aí, meu peito tava doendo para caramba. Eu saí superchateada. Tipo, eu só tenho um dia, sabe? Aí eu fiquei supertriste, porque eu achei que ia ser legal, mas minha noite tava horrível. Aí, aquelas meninas, minhas amigas, chegaram e falaram que tinha um menino me pedindo em casamento, aquele que eu tinha ficado.

– O que beijava mal – Vida complementa com informações da história que Morte tinha lhe contado antes.

– Não, não é que beijava mal. É só que... Era estranho. Aí, eu fui lá naquela igrejinha e... eu nem entendia direito o que tava acontecendo, mas... quando eu me vi vestida de noiva... – Sua garganta fica fortemente apertada e seus olhos voltam a lacrimejar, de forma que não consegue voltar a falar sobre o que tinha acontecido. Vida a acompanhava com um interesse tão profundo que fazia a atração da Morte ficar ainda maior. Era uma benção olhos tão bonitos olharem para ela com interesse tão grande!

– Nossa! – Vida diz. – Eu simplesmente tô tão feliz de a gente ter se encontrado. Eu não acredito que isso aconteceu! Eu tô superfeliz!

Morte sente algo na região do seu peito e do seu estômago. Ela está feliz novamente. Só tem medo de reconhecer.

— Você é incrível, gata. Você... Uau! — A linguagem corporal de Vida expressava que ela queria beijar Morte, e ela conseguia perceber isso.

— E você? Qual é a sua história? — Morte pergunta.

— Eu? Olha, eu não paro. — Ela fala enquanto termina de beber o *drink* que estava em sua mão. — Eu não posso parar. Eu não posso controlar. A única coisa que eu posso fazer é tentar tirar o melhor de cada situação antes que me seja tirado por você. — Algo místico ficou subentendido entre as duas. Para humanos, o subliminar é o único modo pelo qual significados maiores podem ser apreendidos.

— Ah, que legal! — Pela primeira vez tinha algo dentro dela que realmente queria falar. — Eu também fiquei muito feliz de conhecer você.

— Eu sei — Vida responde com um felino olhar penetrante e imutável. Parecia nem piscar. — Por que a gente não sai dessa bosta de lugar e deixa essas memórias para trás, hein? Vamos viver coisas novas?

— Por mim, tudo bem. Você sabe onde me levar?

— Claro! Eu te levo na minha moto. Vamos para um lugar mais legal, onde a gente pode ficar à vontade. Quer perder mais tempo aqui?

— Com certeza não. — Pela primeira vez, Morte fala com muita segurança. Já tinha experimentado o bastante do Baile dos Vivos. — Nem mais um segundo da minha vida.

— Deixa só eu pegar a minha bolsa, então, e a gente já sai daqui, gatinha. — Se antes a linguagem corporal de Vida passava a impressão de que queria beijar Morte, agora parecia que queria devorá-la.

Antes de começar seu desenho, Ricardo pensa em como seria o tipo de homem com quem Morte se relacionaria a noite inteirinha no Baile dos Vivos. Afinal, uma mulher bonita como ela certamente só ficaria com os homens mais atraentes. Provavelmente, transaria com vários deles antes de a noite acabar. Ele imaginava que eram homens tão diferentes dele quanto possível. Lembrava-se de modelos atraentes que apareciam na televisão, em programas, filmes e propagandas. Sem pelos, musculaturas definidas, altos e com rostos simétricos. Ele precisava admitir que eles eram atraentes. Ele não se considerava homossexual, dificilmente ficava à vontade para pensar que eles eram atraentes. Com seus corpos bonitos, ele tinha a certeza de que atrairiam Morte muito mais do que ele atrairia um dia.

Quando Morte e Vida vão embora do baile, Morte percebe como está atraída por sua companheira, mais do que tinha ficado por qualquer outra pessoa que tinha conhecido e beijado naquela festa (consequentemente, na sua vida inteira). De repente, todas aquelas pessoas que a tinham maltratado injustamente pareciam inferiores; sentia-se indiferente a elas, como se Vida a fizesse se sentir completa.

Do lado de fora do baile, um homem forte e atraente falava com Olívia, a mulher que havia enfrentado Morte na Arena de Suor e Lama. Ela agora estava com um vestido bem apertado e com os cabelos presos (mas seu bumbum gigante ainda se destacava).

— Amor, eu entendo você estar chateada por causa do vídeo, mas tenta ficar feliz. Tem um monte de coisas que a gente pode fazer ainda. Não quero que você fique brava e perca a festa.

— Não tenta me acalmar — ela diz com raiva e precisão. — Minha noite já foi uma merda e pronto, caralho.

— Calma, amor. Vamos dançar.

— Eu já falei que não vou dançar! — ela grita. — Eu quero voltar para casa agora. Se você não me levar, eu chamo um carro e vou.

— Tá bom, tá bom, amor. Vamos voltar, então. Só queria que você ficasse bem. — Ele tenta chamar a atenção dela, mas ela não olha em seus olhos.

"Será que eu estraguei a noite dela?", Morte pensa, temendo ser a culpada pela irritação da mulher. Mas não se importa muito com isso. Estava muito mais preocupada em pegar carona com Vida para o lugar que ela queria levá-la. Nem sabia onde era, mas a acompanharia para qualquer lugar. Devia estar apaixonada sem nem saber, coitadinha.

O que era muito apaixonante era a moto de Vida, que estava estacionada. Parecia ter saído de alguma fantasia adolescente, como de um desenho do Batman. Era comprida, escura, tinha certa sensualidade que você só entenderia se a visse. Olhar para ela fazia você se sentir como uma criança vendo um brinquedo muito legal e querendo usá-lo imediatamente.

— Segurança em primeiro lugar, gatinha — Vida diz, simpaticamente, entregando um delicado capacetezinho rosa para Morte, que fica levemente decepcionada com a estética dele.

— Ah, pena que não é preto — ela fala, correndo o risco de parecer boba.

— Tem certeza? Olha de novo para ele.

Ela olhou. O capacete, que era rosa, estava preto!

— Nossa! Obrigada!

— O que eu não faço por você, amor? — Ela nunca pareceria boba com aquela mulher. — Vamos lá?

— Sim... — Morte se sente intimidada pelo olhar direto de Vida, mas não chega a achar ruim. Menos ainda quando ela se aproxima e a beija delicadamente. A delicadeza que ela esperava do seu trágico casamento. Sua felicidade aumenta mais ainda, alcançando níveis que ela nem sabia que eram possíveis. Vida aperta as mãos dela ritualizando o final do beijo. Depois, acaricia seu rosto levemente com os dedos. Seu olhar é tão doce quanto alguém poderia pedir a Deus. — Então, vamos — Vida sussurra.

Na estrada, Morte anda de moto pela primeira vez, com os braços em torno do tronco de Vida, que está no controle. Apertá-la é tão gostoso, ela se sente segura e completa. Pela primeira vez, sua vida fazia sentido.

— Você já tinha andado de moto antes, gatinha? — Vida pergunta.

— Nunca. Não te disse? Eu nunca fiz nada.

— É mesmo, risos.

Estava um pouco frio, mas ela não se importava, porque abraçar Vida tranquilamente estava compensando. Ela, com certeza, estava apaixonada. Coitadinha.

Ela foi diminuindo a velocidade da moto na frente de um portão retrátil, que se abriu quando estavam próximas.

Morte não tinha a mínima ideia para onde estavam indo e não se importava nem um pouco com isso. Para ela, estava tudo bem, nunca tinha se sentido tão bem e segura.

Coitadinha.

Vida adentrou e, mais lentamente, chegou em um balcão de atendimento com uma parede transparente de vidro, onde havia uma atendente jovem de óculos.

– Boa noite – cumprimentou a mulher.

– Olá. Eu vou querer um pernoite, quarto simples. – Era um motel.

– Certo. O período já começou, vai até meio-dia. – A moça passa uma chave presa em uma plaquinha com o número 16. – Vocês podem pagar na saída.

Elas se afastam na moto, adentrando o motel em direção ao quarto 16. A atendente as acompanha com os olhos até saírem do seu campo de visão. Incomodada, ela pensa: "Como a minha vida é ruim".

Vida estaciona a moto na entrada do quarto e as duas descem, tirando os capacetes. Vida toma a frente com a chave e abre a porta. Enquanto elas sobem as escadas, é possível notar nas paredes ilustrações artísticas de belas mulheres nuas em poses eróticas. Ela começa a suspeitar que as condições do encontro eram ainda melhores do que esperava, visto a sensação boa que as imagens lhe causavam. Mas, para sua surpresa, Vida se queixa.

– Esses homens machistas só colocam mulheres nas ilustrações dos quartos. – Olha para Morte sorrindo. – Mas, claro que eu não me importo. – Morte já achava fascinante como as duas compartilhavam a atração que tinham sem nunca deixar claramente explícito.

Seguindo Vida, elas entram em um quarto com uma cama de casal grande e espelhos, tão grande quanto a cama, nas paredes. Tinha um no teto, acima da cama também. Vida coloca a mão em um lado do rosto de Morte e beija o outro lado lentamente, dizendo depois:

– Eu vou no banheiro rapidinho. Já volto.

❧ ☠ ❧

Com a mente menos angustiada conforme se distraía com seu desenho, Ricardo desenhava Morte lembrando de aulas de anatomia que fizera na juventude. Quando aprendiam a desenhar corpos humanos, os modelos eram sempre belos, reproduzindo os padrões estéticos do momento atual, como se houvesse apenas a musculatura e a pele humana, sem as camadas de gordura. E era assim que ele desenhava Morte. Conforme se lembrava, o corpo dela também reproduzia os padrões estéticos do momento, e estes dominavam a sua mente. Há horas já o impediam de pensar em outra coisa. Tinha começado a desenhá-la e rapidamente percebeu que estava interessado nos detalhes do seu corpo, de forma que iria fazê-la sem roupas. Era a forma que ela estava antes de colocar o vestido de sua irmã, mas havia evitado olhar por cavalheirismo. Agora, arrependia-se, sentia-se estúpido. Nunca teria a oportunidade novamente, e ela devia ser a mulher mais bela de todo o mundo. Assim ele a desenhava.

Sentada sozinha na cama do motel, Morte havia acabado de descobrir que o celular que Ricardo havia lhe dado tinha um jogo em que ela controlava macaquinhos. Eles tinham que passar por cipós e pegar bananas para acumular pontuação. Ela perde e o macaquinho cai num buraco.

"Não! Ele morreu!". Ela fica chateada, mesmo se tratando de um macaco virtual. Era seu dia de férias, não era para ninguém morrer. Fica ansiosa para recomeçar. O macaquinho já estava indo atrás das bananas novamente. Já não queria parar, sempre chegava muito perto de superar seu resultado anterior. Ouve um barulho vindo do banheiro e percebe que Vida está voltando. O fato de ela não estar presente no ambiente e surgir novamente, por si só, já faz com que sua beleza impressione de novo. Ela coloca a bolsa na lateral da cama e se senta ao lado de Morte com naturalidade. Morte aproxima os lábios dela, ansiosa para receber mais um beijo, que Vida lhe dá sem reserva e com a mesma qualidade das vezes anteriores.

– Finalmente estamos sozinhas. Bem melhor assim, não é? – Vida diz com os olhos fechados enquanto acaricia as pernas pálidas de Morte.

– Uhum… – Morte murmura.

As carícias da Vida se estendem naturalmente. Ela não tinha absolutamente nenhuma dificuldade naquilo. Morte fecha os olhos para desfrutar, já que finalmente estava sentindo prazer sem qualquer desconforto. A cama era confortável, o ar-condicionado estava ligado, a iluminação era baixa e sua parceira era eficaz com suas carícias, como se o carinho fosse uma ciência exata que ela tivesse estudado até se tornar especialista. Ela não tentava acertar com suas ações, simplesmente acertava uma atrás da outra para fazer Morte se sentir bem.

– Você gosta assim?

– Sim... – Morte murmura.

– E aqui?

– Sim...

– E se eu fizer desse jeito?

– Sim...

Morte estava impressionada com a competência de Vida. Era uma amante perfeita! Sabia exatamente onde tocar, onde pressionar e friccionar. Se fizesse um curso para a humanidade, ninguém jamais sairia frustrado com uma experiência de amor!

– Eu estou gostando desse jeito.

– Agora eu quero que você comece a ficar quieta – Vida interrompe.

– Como assim?

– É só você calar a boca – Vida repete sem cerimônia. – Eu vou te ajudar aqui, gatinha. – O fluxo de excitação de Morte diminui, ela começa a prestar atenção nos movimentos de Vida. Já estava sem roupa alguma. Seu corpo era delicado, como se tivesse saído de uma propaganda, não tinha um milímetro de pelos nas pernas, virilha ou axilas, nem mesmo marcas de depilação. Ela tinha algo na mão que havia tirado da bolsa, que estava no canto da grande cama. Era uma mordaça. – Deixa eu colocar meu brinquedinho... – ela falou entre os dentes, aproximando-a da cabeça de sua companheira. Sem saber como reagir, Morte apenas olha para ela com a boca fechada, sendo esta a única forma pela qual tenta comunicar o que quer dizer. Vida afasta a mordaça e para de fazer contato visual com ela, apenas dizendo: – Vira de costas. Vira seu rosto pra lá. – O tom imperativo não abre muito espaço para Morte questionar, apenas obedecer rapidamente. Ela fica com o rosto virado para baixo e, de um segundo para o outro, não sente mais as roupas em seu corpo. Nem mesmo a calcinha. Devia ser mais uma das mágicas de Vida. Estava com o rosto contra a cama e o bumbum para cima. Não conseguia ver nada que acontecia atrás de si.

A alguns metros de distância, a recepcionista do motel não sentia vontade de olhar mais para o seu celular, que era o que normalmente fazia durante 99% do tempo em que ficava em seu trabalho. Apenas mantinha a visão na parede, pensando consigo: "Qual foi a última vez que eu transei com alguém?".

Depois de ver Morte e Vida passando de moto juntas pela entrada, começou a sentir uma miséria inédita. Elas eram tão bonitas, tão espontâneas e genuínas com suas aparências peculiares, em contraste, faziam com que ela se sentisse medíocre. Tinha ficado olhando perfis virtuais de homens com quem tinha se relacionado pelo celular, até que desanimou após ver um que estava publicamente em um relacionamento. Sentia como se no mundo houvesse um lugar, um significado e uma razão de ser para todo mundo, menos para ela, que era inadequada. Por que não podia ser como elas? Por que não podia ser como Vida e Morte?

❦ ☠ ❦

— Ai. Assim, não — Morte reclama com desconforto na sua voz.

— É pra ficar quieta. Já falei.

— Ai.

— Fica quieta.

— AI!

— MORTE! Eu vou ter que colocar a mordaça! Já falei para fazer som nenhum!

— Mas isso não tá legal... — Morte já estava assustada. Mais uma vez estava passando por algo que não havia antecipado.

— Espera. — Vida para de fazer seja lá o que estava fazendo e tira outra coisa de sua bolsa. Já mais incomodada do que estava antes, Morte sai da posição, deitada com o bumbum para cima, em que estava, e se vira para a frente. Era surreal como o contexto tinha mudado. Antes estava sentindo mais prazer do que sabia ser possível, agora estava conhecendo na prática o significado da palavra "incômodo". Ela olha para o objeto que Vida tinha tirado da bolsa. Parecia um cone pequeno e grosso. Havia uma expressão na ponta, como se tivessem moldado um rosto. Era um rosto com expressão maligna, parecia um dragão ou um demônio.

— Você não tá me ajudando muito, amor. Eu queria que você não fizesse nada. Fica parada e quieta.

— O que você vai fazer?

– Não é para você fazer nada. Fica parada e quieta – Vida repete.

Morte já tinha visto muita coisa e a expressão daquele objeto lembrava uma maldade que havia visto poucas vezes na eternidade. Algo que causava arrepios até em um ser celestial como ela. Um olhar que expressava a maldade e o egoísmo puros, em essência, sem qualquer explicação. Tragédias para as quais, mesmo tendo toda a história como experiência, ela não conseguia encontrar uma razão. Estava tão tensa que percebe até estar há alguns segundos sem respirar.

– Eu gostaria que você parasse... – É a única coisa que ela consegue pensar em dizer.

– Só fica quieta e vira de costas – Vida responde, mantendo a ausência de contato visual.

– Você é meio estranha, né? – Imediatamente Vida volta a fazer contato visual com Morte, mas sua expressão havia mudado completamente. Seus olhos não eram mais apaixonados e flamejantes. Eram decepcionados. Ela estava ofendida. Os poucos segundos em que não se comunicam deixam Morte com a mesma sensação que teria se estivesse sendo antecipada de um terremoto.

– Ah, é o que você pensa, sua esquisita? – Vida não tirava os olhos dela, mas era uma pessoa completamente diferente agora. Para onde tinha ido todo o amor?

–Você só me faz perder meu tempo mesmo. Não me surpreende que ninguém te queira. Você é ridícula. – As palavras eram ditas com a mesma precisão que tinham suas carícias de outrora, machucando perfeitamente conforme a intenção de cada sílaba. – Você não sabe nem andar, você não sabe nem se divertir direito. Você vem falar que eu sou estranha? Depois fica sentada, chorando, igual a um bebê, quando as pessoas normais tiram sarro de você. — Morte fica ainda mais assustada. Sentia-se exposta e vulnerável. Até então, achava que, quando tinha desabafado com ela, eram informações que ela apreciava e respeitava, não que usaria como fonte de humilhação. Sentia-se amedrontada por ter se exposto assim para ela, agora que se comportava de forma diferente.

— Por que você foi tirar férias? De verdade? Ninguém te quer aqui. Você não percebe? Você deve ser muito tonta. Pensa quantas pessoas precisavam morrer hoje e estão sofrendo desnecessariamente porque você é uma porca egoísta. — Morte ficava cada vez mais assustada com as palavras que Vida usava. Minutos antes nem imaginaria que ela era capaz disso. — Se eu fosse você, eu me matava, para poupar as pessoas de terem que lidar com você. Você só me fez perder meu tempo e meu dinheiro, e minha gasolina, vindo aqui. Eu que fui muito burra de te dar uma chance. Mas fazer o quê? Paciência, né? Acha que vou deixar isso abalar minha noite? Mas neeeeeeeeeeem um pouco! — De repente, Vida já estava totalmente vestida. Morte podia jurar que não a tinha visto colocando as roupas.

— Aqui no meu celular tem um monte, mas UM MONTE de caras e garotas bem melhores que você, que estão me mandando mensagem o tempo todo querendo me ver. Eu nem vou lembrar de você, sua ridícula. Ninguém vai. Você acha que vai me julgar? Poupe-me!

Morte não acompanhou as imagens. Apenas os sons. Indicavam que Vida tinha saído do quarto. Tinha ido embora. Ela estava sozinha. Levou muitos minutos até reagir.

Muitos minutos processando se o que tinha acontecido era real. Pensava de novo e de novo. Não havia sido um sonho, uma fantasia, um pesadelo. Não. Tinha sido real.

Por quê?

Em sua casa, Ricardo contempla sua obra terminada. Ela lhe causava sensações... Havia feito o belo corpo despido da Morte, com seu longo cabelo negro se esticando em direção ao chão. Ela estava agachada, como um bebê que engatinha. A cor da folha fazia jus à palidez de sua pele. A representação era competente, causava-lhe atração, como as suas lembranças da Morte original. Mais do que isso, passava-lhe uma sensação de completude, causava-lhe prazer, mas, ao seu redor, ele tinha colocado correspondências de seu prazer. Havia ilustrado muitos homens. Todos grandes, chamativos, com aparências perfeitas. Havia seis. Um diante dela, outro atrás, dois em cada lado. Todos nus também, ajoelhados na altura dela, a menos de um metro de distância, com seus corpos perfeitos expostos. Não tinha feito seus genitais, pois temia que não os faria direito, de forma que lembravam manequins nus, só que ajoelhados. Nem seria possível uma única mulher interagir com aquela quantidade de homens, mas era uma fantasia. Ele era muito competente nisso.

Completos. Desejo absoluto e correspondido. Engrenagens fantasiosas que se encaixavam perfeitamente em harmonia. Podia apenas ser fantasia. Mesmo assim, quando terminada, fez Ricardo chorar.

6
MORRER POR VOCÊ

"Ninguém nunca vai te dizer
Quando você pergunta a razão das coisas
Eles só te dizem que você está por conta própria
Enchem sua cabeça de mentiras."

Sabbath Bloody Sabbath, Black Sabbath

"Se eu fosse você, eu me matava, para poupar as pessoas de ter que lidar com você".

Encostada contra a cama, abraçando as próprias pernas dobradas, Morte não conseguia evitar a dura lembrança das palavras da única mulher que havia amado.

"Pensa quantas pessoas precisavam morrer hoje e estão sofrendo desnecessariamente porque você é uma porca egoísta".

Será que seu dia de férias, seu ÚNICO dia de férias não estava trazendo benefício algum no Universo? Morte nunca havia tido uma mente antes. Não sabia que era da natureza humana ter a mente ocupada por assuntos desagradáveis, que traziam angústia sufocante. Será que, além de não trazer benefício algum, ainda estava prejudicando as pessoas? Era só um dia que ela tinha, apenas um dia. Era demais? Teria que passar todo o resto da eternidade cumprindo sua função, que mais ninguém cumpriria em seu lugar. Como era possível que fosse tão ruim?

Seu celular estava em sua mão, apenas como reflexo, imitando as outras pessoas que tinha visto. Mas não conseguia sentir qualquer motivação para jogar o jogo dos macaquinhos. As lembranças das pessoas que a haviam decepcionado se recusavam a sair de sua mente. Começou a sentir vontade de se vingar delas pelo que tinham feito. Agressividade se acumulava em seus músculos. Conforme as lembranças de Luiz, de Vida e de todas aquelas garotas rindo dela persistiam na sua mente, a raiva ficava cada vez maior. Em um estopim, ela grita apertando o celular com mais força e o joga longe. Levanta-se e começa a surrar o colchão da cama com as mãos enquanto grita e chora. Não sabia o que fazer com aqueles sentimentos e não tinha alguém para orientá-la.

— Por que minha vida é assim? — ela pergunta, chorando, para si mesma:

— Por que eu sou tão triste?

Não sabia mais o que fazer. Não tinha para quem perguntar. Todas as pessoas a quem havia pedido ajuda tinham sido muito cruéis com ela. Ricardo, tão distante, a primeira pessoa que tinha visto, era a única que não lhe havia feito mal algum. As razões das pessoas que tinham contribuído para o seu sofrimento estavam além de sua compreensão. Se é que elas existiam... Não eram originadas da pura injustiça e do sadismo que a expressão no estranho objeto sexual de Vida lhe havia lembrado. Ela sabia bem. Era metade do Universo. Pensava em quantas horas ainda tinha. Seu dia, sua vida, estavam péssimos. Não queria mais passar por aquilo, não sabia o que fazer. Não era como Vida, que parecia ter passado por diversas situações em que tinha descoberto como se orientar e se tornado independente. Sentia-se carente por um norte, mas não conseguia sentir motivação para nada, queria terminar seu dia imediatamente. Sozinha e machucada naquele quarto escuro, a sugestão de Vida parecia mais conveniente. Talvez devesse se matar. Terminaria logo aquela sequência de frustrações e todas as pessoas que estavam esperando por ela há horas a receberiam de uma vez. Seria positivo pelo visto, então, por que não? Vai até o chão onde tinha jogado seu celular e se senta ao lado dele, pegando-o. Fecha a página do jogo do macaquinho e abre o navegador da internet. Digita no campo de pesquisa: "Como se matar?".

A página demora um pouco para carregar, visto como era ultrapassada a tecnologia do aparelho. Após alguns segundos, Morte lê como primeira mensagem que aparece:

"Encontre ajuda.

Fale com um dos nossos voluntários hoje.

Centro de Ajuda

disponível 24 horas.

Ligue 177".

"Eu certamente preciso de ajuda...", ela pensa, sozinha. Mas... Antes de telefonar, fica curiosa e vai conferir se há alguma postagem nova da Sif de Midgard.

⊰ ☠ ⊱

A mais nova obra de arte moderna na rua de Ricardo fica abandonada sobre a mesa, com seu erotismo expresso em vão, enquanto seu autor se lamenta ajoelhado diante de sua cama, com a cabeça contra o colchão. Lembra que já havia se aproximado da morte três vezes no passado, mas recebê-la pessoalmente havia sido a cartada final. Já havia ouvido falar em pessoas que morriam de amor, mas nunca tinha levado isso a sério. No entanto, agora, precisava reconhecer que estava completamente louco. Sanidade estava além de si, algumas horas tinham tirado sua esperança. Era irreversível, não conseguiria voltar a ser a pessoa tranquila e despreocupada que era antes, seu coração tinha lhe tirado dos trilhos. A angústia em sua garganta não ia embora nunca, sempre perturbado pela aparência cósmica dela; nem dormir conseguia. Seria mesmo uma vida muito miserável. Ricardo pensa que talvez fosse mais do que conseguisse suportar. Pegando novamente seu celular, ele digita no site de pesquisa:

"Como se matar?".

⊰ ☠ ⊱

– Central de Ajuda, boa noite – diz a serena voz do outro lado da linha.

– Boa noite... – responde a frágil entidade da morte.
– Boa noite. Tudo bem com você? – Era levemente amigável.
– Olha... não. – A voz da Morte é chorosa.
– Não? Não está tudo bem? – Parecia compreensível e acolhedora.
– Não... Minha vida é uma droga... Todo mundo me trata mal... Parece que todo mundo é feliz menos eu.
– Hum... Entendi. Você sente que sua vida é uma droga... Que todos te tratam mal... E que todo mundo é feliz, menos você. Mas que coisa, não é? Conta para mim por que você tem essa impressão, por que você se sente assim? Que sua vida é tão ruim e a de todas as outras pessoas é ótima, menos a sua?
– Não sei... Eu vejo todo mundo feliz. – Ela soluça de tanta tristeza que sente. – Parece que ninguém tem nenhum problema... Só eu me dou mal o tempo todo. Um monte de gente me odeia, faz maldade comigo... Eu não sei nem por quê... – Ela não consegue mais falar e segue apenas chorando baixo.
– É... Eu te entendo. Eu te entendo perfeitamente. É uma sensação muito difícil de lidar. Mas você é muito corajosa!
– Eu fico pensando... e pensando... E não consigo entender por que aconteceu tanta coisa ruim comigo. Eu tomo tanto cuidado, sabe? Pergunto tudo para as pessoas.
– Você se sente injustiçada, é isso?
– Acho que sim... Mais ou menos, sabe? No meu trabalho... É que eu não te falei quem eu sou... Eu sou a Morte.
– Desculpa, querida. Não entendi o que você disse.
– Eu disse que eu sou a Morte.

— Morte?

— Isso.

— Oh, sim...

— E assim... sendo a Morte... Nossa, durante toda a eternidade eu vejo pessoas morrendo e as outras sempre se perguntando: "Por quê? Por que o levaram?". Embora alguns desejem muito a morte de certas pessoas, imploram e rezam por isso, elas ainda vivem muitos anos. Então eu sei que o Universo é injusto mesmo, dependendo do seu ponto de vista.

— Você tem certeza de que o Universo é injusto, então? Nossa, eu gostei muito da sua criatividade, de verdade. Mas me fala, como você lida com isso? Com essa injustiça universal?

— Ah, eu nunca tive que lidar... porque não me incomodava. Eu faço isso desde sempre, sabe? É que eu não te falei. Mas hoje, à meia-noite, começou meu único dia de férias. Eu só tenho um dia. Então, assim, eu queria aproveitar. Eu só tenho mais algumas horas e tá sendo horrível, horrível... Quando eu penso que vai ficar bom e eu vou aproveitar... parece que é sempre só uma pegadinha. Tudo fica bem pior do que eu podia imaginar. Eu achava que ia ser legal...

— Então deixa eu ver se entendi. Hoje é seu único dia de férias, né? Porque você é a Morte. E você está se frustrando muito com o que você vem tentando fazer para aproveitar.

— Sim, sim. Exatamente.

— Mas que coisas são essas que você tá fazendo para aproveitar a vida?

— Então. Tem um homem que ficou encarregado de me receber, aí eu perguntei para ele. Ele falou que tinha essa festa, o Baile dos Vivos... Você conhece?

– Já ouvi falar, sim.

– Então... Me falaram que era o melhor lugar que tinha para ir. Eu não conhecia, mas eu fui... Era a melhor referência que tinha. Gente, como foi ruim... Eu não consigo pensar em nada relacionado àquele lugar que tenha me feito bem, de verdade. Foi horrível, horrível, horrível, tudo horrível. Eu fiquei incomodada desde o início, esperando ficar melhor, como tinham prometido, mas, no final, até apanhar eu apanhei. Tinha umas pessoas que fingiram que eram minhas amigas, e alguns caras até me beijaram. No final, todos só estavam interessados em me humilhar. Eu juro que não sei o que eu fiz para eles me tratarem tão mal. Já estou esgotada. Quando conheci uma moça diferente, que parecia ser bacana, nossa... Eu tava tão animada com ela, tão feliz. Parecia que finalmente minha vida ia fazer algum sentido e eu ia me sentir alegre. Parecia que ela era diferente das outras pessoas. No final... É capaz que ela fosse até pior.

– Entendo... Você passou por muitas decepções.

– Aí ela falou assim pra mim... Ela falou que era melhor eu me matar porque eu sou ridícula e não sei o que mais... Ninguém liga para mim mesmo, as pessoas tão sofrendo por minha causa... Então era mais fácil eu me matar. Realmente, eu só devo ter mais algumas horas do meu dia de férias. Se for para continuar me sentindo assim, eu não vou aguentar. Talvez fosse melhor eu me matar mesmo.

– É isso que você pensa? Olha, isso que essa moça te falou não é verdade! Eu me importo com você! Eu me importo bastante! E olha que acabamos de nos conhecer.

— Sério mesmo? — Morte fica emocionada ao ouvir isso. Estava muito magoada.

— Com certeza! Você é uma moça muito legal, sensível, e como você disse: você é a Morte! Seu papel é muito importante no Universo!

— Mas você tem certeza? Muitas pessoas têm raiva de mim. Muita gente não gosta da morte...

— Mas é impossível agradar a todo mundo! Imagina se ninguém morresse. Como seria o mundo?!

— Eu não consigo nem imaginar, porque faço isso desde... sempre — Morte responde desanimada.

— Então! Seria horrível! É muito importante! Você não pode se deixar levar para baixo assim. E outra coisa que você falou... Essa moça que você achou que era sua amiga, mas disse coisas cruéis para você, eu acho que não faz sentido nenhum o que ela falou. Você só terá um dia de férias. Na eternidade toda. A maioria das pessoas tira um mês e ainda queria tirar mais. Tadinha, você só tem 24 horas. Eu não vejo egoísmo nisso.

— Pois é, mas eu não quero passar mais um segundo nessa situação. Eu quero morrer e acabar com isso agora.

— Mas espera aí. Essa não é a melhor solução. Você não falou que terá um dia só de férias? Você vai se matar no seu único dia de férias?

— Claro, eu só me dou mal.

— Mas que besteira. O mundo está cheio de oportunidades interessantes para você aproveitar. Você não pode pensar assim. Você precisa parar um pouco, respeitar isso que está sentindo, mas não acho que seja justo com você mesma desistir de tudo assim. Você é uma pessoa superlegal e importante. Não vale a pena você estragar seu único dia de férias assim!

— Você acha mesmo? — Os olhos da Morte lacrimejam porque está comovida.

— Não tenho dúvida. Vamos fazer um combinado?

— Ok. Acho que sim...

— A gente vai deixar combinado entre nós que até acabar o seu dia de férias você não vai desistir, ok? São só mais algumas horas! Tem outras coisas que podem ser feitas.

— Tudo bem, eu acho... — Morte responde ainda desanimada, mas concordando. — Qual é o seu nome?

— Ah, eu não posso falar, querida. Mas eu sou uma amiga.

As duas se despedem e encerram a conversa. Mas Morte havia perdido totalmente o pouco de orientação que ainda tinha. Ricardo a tinha orientado para o Baile dos Vivos. Todas as pessoas que conheceu lá não eram muito confiáveis. O que fazer agora? Não sentia vontade de jogar o jogo dos macaquinhos no celular. A única coisa que tinha vontade de fazer era ficar lá, sentada no chão, como estava. Pensa então que, talvez, o primeiro passo fosse sair dali.

— Central de Ajuda, boa noite — diz outra voz serena em outra linha.

— Boa noite. Meu nome é Ricardo. Tudo bem?

— Prazer, Ricardo. Tudo bem, sim. E com o senhor?

— Por onde será que eu começo... Eu não tô conseguindo dormir esta noite...

— Não tem problema. Você pode conversar comigo. Sem problema nenhum.

— Eu... — Ricardo não tem muita facilidade para falar. Não sabe quais palavras escolher. — Eu, há uns anos atrás, já tentei me matar e... eu quase consegui, sabe?

— Entendi — a voz diz serenamente.

— Depois disso eu fiz tratamento, comecei a mudar algumas coisas na minha vida. E nunca mais tinha tido esse problema. Mas voltei a ter esses pensamentos esta noite. E... estão muito fortes.

— Entendi... Você tinha melhorado, mas, agora, os sintomas voltaram. E o que foi que aconteceu?

— Então... tinha uma mulher... Melhor te contar do início.

— Uhum.

❦

Morte sai do quarto do motel e tranca a porta atrás de si. Só tinha a própria bolsa e a roupa para levar, quando pensava se podia ter esquecido algo. O dia ainda estava escuro, ela não sabia o horário exatamente. A mulher na recepção a vê se aproximando de longe. Sua imagem continua chamativa, apesar de estar cansada e com os longos cabelos bagunçados. Mesmo em sua forma mortal, ela emite uma aura que nem imagina. A recepcionista estava naquele exato momento pesquisando no seu celular contatos de tatuadores e *body piercers*. Há algum tempo tinha visto Vida passando por lá e começou a pensar como, possivelmente, se tivesse a mesma aparência que elas, seria feliz e completa como acreditava que eram. Não tinha entendido por que Vida tinha saído mais cedo, começou a imaginar que, por serem lésbicas, saíssem em horários diferentes para não levantar suspeitas. Nem passou pela sua cabeça a possibilidade de terem brigado. Ela não conseguia imaginá-las tendo uma noite ruim. Com a expressão apática, Morte se aproxima, e diz:

— Eu posso ir embora?

— Pode, sim — a moça responde. — Sua colega já pagou.

— Ok... — Lembrar de Vida ainda lhe causava desconforto. — Obrigada. — Apesar de tudo, ela seguia sendo educada.

7
Alma Ferida

— Então, senhor Ricardo – responde a voz atenta do outro lado da linha, que já estava acompanhando a história do sofrido Ricardo há quase uma hora. – Você me contou que foi uma noite intensa e com muitos sofrimentos, que você nem conseguiu dormir. Espero que essa conversa tenha te ajudado a se acalmar.

— Ajudar, ajudou, sim. Obrigado. Apesar de eu não ver como vou me sentir muito melhor.

— Dentro de todo esse sofrimento que você me relatou, parece que, quando você fez aquele desenho, esse sofrimento ficou meio que suspenso. Você mostrou um grande talento com o qual não entrava em contato faz tempo. Você tem uma habilidade que muitas pessoas gostariam de ter. Ao invés de ficar pensando nessa moça que mexeu aí com seus sentimentos, eu acho que você devia tentar investir essa energia na arte.

— Mas como? Eu só desenhei a Morte com aqueles homens porque isso não saía da minha cabeça. Não é como se eu tivesse inspiração para outras coisas.

– Começa investindo nessa arte! Você terminou agora de madrugada. Pensa quanto ainda pode fazer! Você já assinou seu desenho?

– Não. – Ele reconhece. – Nem pensei nisso.

– Então! Percebe o valor do que você está rejeitando, uma coisa tão legal? Você é muito talentoso. Eu acho que deveria valorizar mesmo! Por que não transforma o desenho num quadro? Aproveita que está amanhecendo. Você pode procurar uma moldura para ficar bem bonito!

Ricardo boceja pela trigésima nona vez desde que Morte tinha aparecido. – É. Acho que vou fazer isso mesmo. Melhor me ocupar do que ficar pensando em coisas ruins.

– Vai dar tudo certo! Não perca a fé. Lembre-se de que, precisando, pode ligar para gente. Fica com Deus!

❧ ☠ ☙

Caminhando sozinha, sem fé, esperança, motivação ou otimismo, Morte repara em uma música harmoniosa vindo de uma casa próxima da rua onde ela estava. Foi como se tivesse ouvido música pela primeira vez. Era muito diferente da música que tocava no Baile dos Vivos, onde as melodias raramente tinham a diversidade de mais de três notas. Havia pessoas simpáticas entrando lá, mas também passavam uma impressão muito diferente das que havia visto no Baile dos Vivos. As roupas não eram chamativas e os corpos, com certeza, não ficavam tão expostos. Isso fazia com que se sentisse estranha com seu vestido elegante e decotado. Estava distraída com seus pensamentos, de forma que foi pega de surpresa quando uma mulher de meia-idade a abordou.

— Bom dia. Não seja tímida, venha participar do encontro com a gente — ela disse de forma simpática e acolhedora.

— Eu... Estou me sentindo meio perdida.

— Não tem problema nenhum! — responde a mulher. — Aqui é um ótimo lugar para pessoas perdidas! — Ela mantinha a simpatia. — Já ouviu falar do nosso templo?

— Olha... Não. — Ela não tinha ouvido falar de muitas coisas.

— Então venha conhecer! — A mulher parecia convidativa, então Morte se convenceu a entrar no templo, que era uma grande casa rústica.

☙ ☠ ❧

Sentindo-se inseguro, Ricardo entra em uma loja de artes que havia acabado de abrir. Ele se sente exposto. Nas últimas horas, enlouquecido, havia ficado em casa sozinho. Seu estado delicado e peculiar só tinha sido compartilhado com o contato anônimo a quem tinha telefonado e mais ninguém. Não tinha a intenção de fazê-lo com quem quer que fosse. Imaginava que sua aparência não devia ser das melhores após a noite em claro. Sua insônia não costumava ser tão sofrida. Evitando contato visual direto, ele se dirige ao atendente.

— Olá. Gostaria de saber se vocês têm molduras?

— Temos, sim. Para qual tamanho seria?

— Am... — Ele não faz a mínima ideia do tamanho da folha, mas tinha a levado dentro de uma sacola grande de plástico. Então pega o papel, mas mostrando a parte de trás, onde não há algo desenhado, sem revelar o desenho erótico ao atendente. Ele ergue a folha, mas tenta manter a ilustração na altura do seu corpo, temendo que alguém visse por trás dele. Inseguro, olha para trás para ver se há alguém que possa reparar, quando o atendente diz:

— Deixa eu segurar. — Para poder ver o tamanho direito, ele segura a folha, deixando Ricardo temeroso de que a vire. — Deve ser 30, 42 — ele diz e se vira para pegar uma moldura. — O senhor tem preferência de cor? — ele pergunta de longe.

— Am... não! Pode ser qualquer uma!

— Posso pegar uma branca, então?

— Pode. — Ricardo realmente não se importava com a cor. Só estava seguindo mecanicamente o que o contato do Centro de Ajuda havia lhe sugerido. Percebe que está suado. Tinha começado a sentir calor no momento em que o homem havia pegado o desenho.

— É 45. Vai querer pagar como? — pergunta o atendente ao voltar com a moldura.

— No cartão.

— Quer que eu já coloque dentro pro senhor?

Ricardo pensa que, se ele colocasse o desenho dentro da moldura, acabaria vendo-o, o que lhe deixava inseguro. Por outro lado, tinha preguiça de colocar o desenho na moldura já em casa; isso o preveniria do esforço. Decide, então, que não se importa tanto se o atendente vir o desenho. E daí? Não era como se fosse ver aquele homem novamente algum dia, nem como se todas as pessoas fossem ficar sabendo que ele desenhara uma mulher lindíssima de quatro rodeada por homens nus agachados.

— Coloca, sim, por favor. — Ele não faz contato visual com o vendedor enquanto passa o cartão na máquina, mas imagina que ele tenha feito alguma expressão de estranhamento ao ver o desenho. Quando arrisca olhar para o vendedor depois de pagar, ele está focado no fechamento da moldura, com o desenho já dentro. Sem olhar para Ricardo, ele pergunta:

— Foi você que fez?

— Foi, sim. — Ricardo não fica tão nervoso de responder quanto temia. — Fiz hoje, de madrugada.

— Legal — o vendedor responde em um tom indiferente.

Ricardo começa a pensar que ter feito um desenho erótico e o emoldurado não era a pior coisa do mundo para sentir tanta vergonha. Tranquiliza-se pensando que em breve o pegará emoldurado e não precisará mostrá-lo para mais ninguém. Seria o fim da insegurança. Mesmo tentando se convencer dessas coisas, uma parte sua ainda estava um pouco ansiosa sobre o que o vendedor podia estar pensando. Será que ele o achava um safado? Ou um nerdão? Precisava que mais ninguém visse, mas a moldura já estava fechada com o desenho dentro, e o atendente já a colocara em uma sacola. Então a entregou, dizendo:

— Da próxima vez acho que você devia colocar mais mulheres. Tem muito homem — ele fala com um sorriso safado.

No templo em que tinha acabado de entrar, Morte havia sido direcionada para uma sala à qual deviam ir os que estavam comparecendo pela primeira vez. Lá se encontrou com uma simpática moça de cabelos ruivos. Havia duas cadeiras de madeira, de forma que elas ficaram sentadas uma de frente para a outra, sozinhas, sem ninguém por perto para ouvir o que falassem.

— Que interessante! Então você está quase na metade das suas férias, mas só vem se frustrando com as suas experiências! — a ruiva comenta após ouvir Morte contar tudo o que lhe acontecera. — Sabe, isso podia dar um bom livro. — Ela era muito simpática. Era adulta, mas ainda parecia jovem.

— Aí, depois que eu fiz esse telefonema, eu resolvi não... desistir. Mas eu não tenho esperança nenhuma. Não consigo pensar em nada que me deixe animada.

— Fico muito feliz que você não tenha desistido. Ainda bem que você não fez isso. Ainda bem que você encontrou a gente. Olha só que sorte!

— Tomara... — Morte responde desanimada. Queria boas notícias, mas temia confiar nelas depois de tantas decepções.

— Deixa eu te explicar como a gente funciona. — A moça mantinha a animação e o senso otimista enquanto se levantava da cadeira. — Vem ver o mural enquanto eu explico.

Morte se levanta e a acompanha a uma parede caprichada, onde há várias fotografias registrando momentos que, aparentemente, tinham acontecido dentro do templo. Nas fotos havia pessoas cujos perfis a faziam se lembrar dos que estavam entrando quando chegou: de diferentes idades e etnias, mas não tão chamativos quanto os que estavam no Baile dos Vivos (o que incluía ela própria).

— Nós somos um templo que compartilha de uma filosofia que é herdeira de várias religiões ancestrais. Nós não acreditamos em uma única verdade. Defendemos que o mundo espiritual é muito grande para caber em uma única doutrina – ela diz enquanto olha as fotos junto a Morte. – Recebemos todo tipo de pessoa, especialmente as que estão em sofrimento. Isso que você está sentindo é muito comum, sabia? Não se sinta sozinha e sem esperança.

– Olha, isso me dá alívio – Morte fala, ainda com a voz fraca. – Eu estava sentindo que era a pessoa mais miserável do mundo...

– Não! Isso que você está sentindo todo mundo sente. Ou, ao menos, muita gente, mais do que costumamos imaginar. Até em tribos indígenas antigas há registros de que, às vezes, os tribais declaravam sentir uma "morte da alma". Não é mais ou menos assim que você se sente?

– Totalmente! Mas como eu fui dar azar de ter "morte da alma" tão rápido? Eu mal cheguei aqui... Estou tão desanimada... – Morte volta a choramingar. – Não tenho energia para mais nada.

– Aaaaaaah – a ruiva diz com carinho e pena. – Eu posso te dar um abraço?

– Pode – ela não tem energia para recusar qualquer sugestão do mundo externo. A moça, então, abraça-a, de forma que logo Morte volta a chorar como um bebê.

Mais animado do que havia se sentido em todas as horas anteriores, Ricardo prende o desenho que tinha feito, agora enquadrado, em lugar de destaque na sala de estar de sua casa, acima do sofá maior. Dando dois passos para trás, ele consegue vê-lo melhor do que antes. Não era colorido, mas as anatomias eram perfeitas. E o contraste da folha branca com os cabelos pretos da Morte lembravam bastante sua real imagem pálida. Era algo que ele achava muito excitante e estava orgulhoso de ser o responsável pela obra. Sentia-se como se tivesse feito mágica, uma peça de arte que podia ser admirada junto a outras que existiam espalhadas pelo mundo e pela história. Quem sabe, se focasse nessa partezinha que ele valorizava em si mesmo, conseguisse esquecer todo o sentimento de miséria contra si próprio que o envenenava. Mas antes que pudesse voltar, ouve o som da campainha. Acha muito estranho, pois não consegue pensar em ninguém que iria até lá. Seria a Morte, que teria voltado? Apesar da ideia lhe interessar, não se sente convencido disso. Por que ela já teria voltado? Devia ter muitos lugares para se divertir, não tinha por que voltar para lá, provavelmente o lugar mais decepcionante pelo qual ela tinha passado. "Igual a mim, que sou uma decepção", ele pensa, colocando-se mais para baixo.

Será que, em algum momento das suas férias, ela tinha se decepcionado e voltado para onde tudo tinha começado? De forma que todas as suas ansiedades se provassem baseadas apenas em temores exagerados, sem necessidade para tanto sofrimento? Antes que seus pensamentos ficassem mais mirabolantes, ele abre a porta e vê um grupo de quatro jovens com roupas levemente sociais e simpáticos olhando para ele.

— Bom dia! — eles dizem todos juntos e sorridentes.

— Quem são vocês?

— Somos representantes do Templo da Alma Ferida!

— Tipo Testemunhas de Jeová?

— Mais ou menos. Temos nossas próprias orientações. Viemos de um templo que compartilha de uma filosofia que é herdeira de várias religiões ancestrais. Podemos te apresentar nossas ideias?

— Claro! Entrem aí. — Ricardo vai para trás, abrindo mais a porta. — Eu, com certeza, estou precisando de companhia ultimamente.

— Lembra que eu te falei que eu sou a Morte...? — Morte relembra a ruiva. — Eu temo que, talvez, eu não me encaixe nesse esquema de vocês... Eu só tenho um dia de férias... e tenho algumas outras particularidades, sabe, de... ser a MORTE.

— Não! Não tenha essas inseguranças — A ruiva responde rapidamente, sem se sentir impressionada. — Eu sei muito bem do que você está falando. O Templo da Alma Ferida já trabalhou com avatares terrenos de entidades celestiais — ela diz tudo com tranquilidade, parecendo que nada era estranho para ela.

— Você tá falando sério? — Parecia até uma piada para Morte, que não era familiar com o conceito de piadas.

— Claro! Veja essa moça aqui. — Ela aponta para uma das fotos do mural. — Ela ficou um tempo com a gente e era uma entidade cósmica também. Não sei se você conhece.

— Ei... Essa aí... — Morte estranha quando reconhece a mulher na foto. — Essa é a Vida!

— Viu só! Você conhece ela. — A representante do templo mantinha a simpatia, mas Morte estava profundamente irritada de ver Vida de novo, mesmo com curiosidade, ao perceber que ela já tinha frequentado o templo.

— Mas o que ela estava fazendo aqui...? — Morte fica curiosa.

— Vida frequentou o templo uma época. Ela veio procurar nossa ajuda. Todos gostavam muito dela. Era uma pessoa muito cativante.

— Ela é... — Morte fica magoada, lembrando-se de como tinha gostado dela.

— Depois de um tempo, ela foi embora. Costumava falar que só tinha tido um dia de trabalho e agora estava "condenada" a viver de férias para sempre. Engraçado, né? Quem fala que está "condenada" a estar de férias? Talvez ela já tivesse aprendido o que precisava. Mas sempre será bem recebida se precisar retornar algum dia. — A ruiva muda de assunto. — Morte, venha aproveitar o nosso café da manhã. Temos muitas comidas gostosas para você saborear!

❧ ☠ ❦

Ricardo recebe os representantes do templo na sua casa e os chama para se sentarem na sala de estar. Havia três homens e uma moça. Todos aparentavam ter menos de 30 anos. Ele dá copos de água para os três e pede que fiquem confortáveis. A moça olha atentamente para o desenho erótico enquadrado acima do sofá enquanto segura o copo gelado de água.

— Interessante esse quadro... — ela diz, com sinceridade e reserva.

— Você gostou? Fui eu que fiz! — Ricardo diz sem se preocupar de parecer estranho. A moça olha bem nos olhos dele e responde:

— Poxa, que interessante!

Os quatro se sentam num sofá maior, debaixo do desenho, e Ricardo fica numa cadeira de frente para eles. Um dos rapazes começa a falar.

— Então... O senhor já ouviu falar do nosso templo? No que acreditamos, o que fazemos?

— Mais ou menos. Só ouvi falar.

— Primeiramente, nós somos abertos a todo mundo – a moça começa a explicar. – A gente costuma dizer que todas as almas são bem-vindas lá. Então, se sua alma está precisando de ajuda, nós vamos sempre estar abertos a te receber.

— É...? – Ricardo fica pensativo. – Acho que minha alma está com uns "probleminhas".

— Sério? Viu só como foi bom nós termos nos encontrado bem hoje, neste momento? Já estava escrito, era para acontecer assim! Nada foi por acaso! Na nossa filosofia, a gente promove muito que todo sofrimento que passamos serve de aprendizado. Tem sempre uma lição que nós podemos tirar. Mas, mais do que isso, nessa lógica, a gente compartilha muito que podemos aprender uns com os outros. A gente gosta muito de ouvir as histórias das outras pessoas, das outras almas, porque assim a gente ajuda a pessoa que está precisando falar e, também, podemos aprender as lições dessas coisas ruins por que ela passou.

— Sim, a gente procura compartilhar essas experiências para que todos possam aprender como um todo – complementa um dos rapazes, sem adicionar algo novo. Os três estavam mais quietos do que a moça.

— Então a gente pergunta para você, Ricardo... – A moça prossegue, com segurança e sinceridade em suas palavras.

– Qual foi o aprendizado que você acumulou na sua vida? Sei que você deve ter aprendido muitas coisas interessantes.

– O que eu aprendi...? – Ricardo respira profundamente. – Eu aprendi algumas coisas... bem amargas. – Os quatro o acompanham, prontos para qualquer coisa que ele disser. – Chega um ponto na sua vida em que você percebe que fez tudo errado. Então... pelo menos... deve ter várias coisas para aprender. Por exemplo... – Ele se ajeita na cadeira para continuar falando. – A vida toda, eu sempre pensei que fosse um... um rebelde romântico. Não sei se são familiarizados com a ideia. Mas o tipo de cara que vemos e achamos inspirador em músicas e na televisão. – Ele continua respirando fundo, pesarosamente.

– Quando eu era jovem, eu me ofendia com a ideia de qualquer pessoa querendo me impor como eu deveria ser ou o que deveria pensar e fazer. Eu não ligava para o que a maioria das pessoas fazia ou para o que era mostrado como certo na igreja e na televisão. Eu achava que meus pais eram duas pessoas muito conformistas. Pensava que eu não queria ser assim. E, então, criticava tudo que me era passado em qualquer lugar. Queria descobrir a minha verdade! Ser eu mesmo! Falando isso agora, eu percebo como parece só uma piada.

– Mas por quê? – pergunta a moça.

– Porque isso é justamente coisa de filmes e de televisão! Pergunta o que eu consegui com isso? Ser eu mesmo, de fato. Totalmente sozinho. Nunca tive filhos, esposa. Não lembro a última vez que estive com uma mulher. Nem com meus parentes tenho mais contato. Tudo era frágil, superficial... Uma lição que eu passo para as pessoas? Isso é muito fácil! Eu não tenho dúvida! Esqueça qualquer coisa como espontaneidade ou sua voz interior... Isso é apenas uma infantilidade que eu não fui esperto o suficiente para perceber. Só te leva à miséria. Esse tipo de ideia só serve para nos entreter em produções fantasiosas, é burrice querer levá-las a sério na vida real. Eu sei porque fiz isso e me arrependi. Não há nada de bom esperando no final, só arrependimento. Sou um idiota. Essa é a minha lição. – Ele pausa por um tempo, irritado.

– O conselho que posso dar para as pessoas é nunca fazer nada disso. Aceite as ordens maiores, sabe? Só vá seguindo o que todo mundo vai fazendo sem questionar. Você vai se sentir seguro. Seguro da angústia que eu sou obrigado a sentir. Só se integrar na grande massa de pessoas... Não vale a pena ser você mesmo. Você tem que... ser igual a todo mundo. – Ele se levanta, sentindo que já tinha cansado daquilo. Os quatro representantes do templo entendem como um sinal de que deviam se retirar e se levantam também. Eles seguem até a porta por onde tinham entrado, liderados por Ricardo.

– Eu gostei muito de falar com você – a moça fala antes de ir embora. – Fiquei muito feliz mesmo de você ter compartilhado seu conhecimento e suas experiências com a gente, Ricardo. Eu achei incrível. Agora, queria te deixar um convite. Você é bem-vindo para visitar o nosso templo, Ricardo. – Ela lhe entrega um cartão. – Passe lá para compartilhar essa evolução com mais pessoas! Vamos ficar felizes em te receber! – Os quatro se afastam. Sozinho em sua casa, Ricardo chora compulsivamente. Pensa que não aguenta mais ficar assim.

Junto às outras pessoas do templo, e ainda acompanhada pela ruiva, Morte vê uma mesa com muitas frutas, doces, pães de vários tipos, sucos, bolachas e outros alimentos. Olhando para as pessoas que comiam, não lhe parece difícil imitá-las. Então ela pega uma pequena fruta da qual não sabia o nome e a coloca na boca para mastigar. Surpreende-se como o sabor é agradável. Imediatamente, já pega mais e fica ansiosa para experimentar o resto. Tudo o que tinha experimentado até então tinha sido decepcionante. Era um alívio sentir um sabor doce. Pensava por que não tinha algo tão gostoso no Baile dos Vivos? Se tinha, não viu ninguém comendo e ninguém lhe ofereceu também. Conforme comia percebia o desagrado que sentia na região abdominal. Devia ser a fome que estava saciando, já que não tinha comido nada até então. Pensava que devia ser óbvio, mas, mesmo assim, não tinha notado. As pessoas olhavam com estranheza para ela, perifericamente, mas Morte estava se entretendo tanto com a comida que não se importou.

— Essa maloqueira parece que nunca comeu na vida — uma mulher próxima comenta para um homem, fora do alcance da audição de Morte.

— Olha as roupas dela — o homem responde. — Deve ter se enchido de maconha a noite toda, agora tá com larica.

Antes do que esperava, Morte sente que não aguenta mais.

— Acho que comi demais — ela fala para a ruiva, que havia ficado em silêncio enquanto ela devorava os alimentos.

— Ah, o importante é que você estava precisando comer. — Ela mantinha a simpatia e o jeito receptivo.

— Acho que preciso me sentar... — Morte tinha acabado de descobrir o que era sentir fome, sentir-se satisfeita e também sobrecarregada.

— Não se preocupe! — a ruiva responde. — A gente já vai para a sala do aprendizado.

— Sala do aprendizado?

— Sim! Vem comigo! Eu te explico!

Logo, Morte se encontrava em uma sala maior, com várias cadeiras organizadas em círculo. As pessoas estavam se sentando, ela nem conseguia considerar ficar em pé do jeito que sentia a região do estômago cheia. Sentia-se fora do lugar. Havia se vestido com destino ao Baile dos Vivos. Era muito diferente do Templo da Alma Ferida. Estava insegura, imaginando as pessoas olhando para ela e pensando coisas indesejáveis. A única razão que a mantinha lá era a moça que a havia recebido, pois parecia realmente muito contente em tê-la ali. Logo, a ruiva começou a falar para as demais pessoas.

— Bom dia a todos... Já é quase boa tarde. Esperamos que estejam bem, que tenham aproveitado o café da manhã. — Ela dá um belo sorriso enquanto falava. — Chegou o nosso momento de compartilhamento, não é? Talvez seja o momento mais importante do nosso templo. Não que os outros não sejam importantes também, não quero dizer isso. É só que, nos nossos encontros, eu sinto que a gente participa muito diretamente da gênese do Templo da Alma Ferida, vocês não concordam? Vejo que temos alguns rostos conhecidos, mas temos alguns convidados novos, não é? Pessoas muito legais, cheias de luz – ela ia dizer "cheias de vida", mas se censurou.

– Então vou explicar como é que funciona. O nosso templo não invalida nenhuma outra crença particular que você possa ter, vinda de outra instituição ou filosofia. Nós acreditamos muito que todo sofrimento por que passamos serve como aprendizado nas nossas vidas. E quando esse aprendizado é compartilhado, tem um significado muito maior, porque adquire uma força muito grande, podendo ajudar várias pessoas. Por isso, quando a gente se reúne assim, eu digo que é um momento muito importante. Porque é a oportunidade de colocarmos isso em prática. A gente pergunta: tudo pelo que você passou, tudo que te trouxe até aqui, quais foram as lições que você tirou? O que você aprendeu com tudo?

– O que eu aprendi com tudo? – Morte responde com naturalidade. – Acho que eu aprendi algumas coisinhas bem desagradáveis... – As pessoas ao redor direcionam a atenção para ela, que evita seus olhares enquanto fala.

– Quando eu comecei a... "viver a minha vida", eu recebi conselhos de algumas pessoas, sabe? Algumas orientações. Eu pensei: "Bem, vou seguir o que estão me falando, parece uma boa ideia. O que pode dar errado?". Nossa, o que pode dar errado? O que pode dar errado? – ela repassava a história em sua própria mente. – Absolutamente tudo podia dar errado! Tudo que em algum momento eu pensei: "Não, as pessoas não fariam isso comigo! Imagina! Por que alguém machucaria com tanta crueldade uma pessoa que nunca fez nada contra ela?". A resposta era: "Sim, Morte. Eles não só fariam como fazem dez vezes pior!" – Pela primeira vez ela tinha a experiência de narrar algo com ressentimento.

– Nós todos temos muitas frustrações mesmo – a ruiva complementa. – Por essa razão é importante aprendermos com isso.

– Não, mas igual eu, não. Eu só tenho frustração atrás de frustração. Não é possível! Você não ia acreditar. Sempre que eu penso que está acontecendo alguma coisa legal, que eu estou mais "Ai, que bom, finalmente eu estou feliz, já era hora". Bum! Alguma coisa de errado acontece! Haja paciência, porque eu já não tenho nenhuma.

– Às vezes as pessoas ao nosso redor... – um homem diz – ... as pessoas com quem a gente convive, facilitam que a gente passe por isso.

– É interessante a gente nunca julgar a experiência dos outros – a ruiva, que mediava, responde.

– Não, eu digo porque já aconteceu comigo – ele explica.

– Mas eu ia chegar em algum lugar – Morte retoma. – Vocês estavam perguntando o que eu aprendi com a... desgraça toda. A única coisa que eu consigo pensar é que nem por um único segundo na sua vida você deve cometer o erro fatal de ouvir o que as outras pessoas falam para você. Nunca! Mas jamais! É a maior desgraça que você pode fazer. Isso não presta. Você só tem que ouvir você mesmo, o que você sente. Eu ouvi as outras pessoas na maior inocência, confiando nelas e... sinceramente? Não consigo imaginar como poderia estar pior! Tudo o que as pessoas sugerem, mesmo que não tenha razão nenhuma para parecer algo feito por mal... não acredite! Em nada! Só confie no que você mesmo perceber. Porque as pessoas... as pessoas... Elas parecem que são loucas e... você simplesmente vai sofrendo... sem entender o porquê. – Ela para um pouco porque não sabe o que mais falar. – Então, acho que o que eu aprendi foi isso. Não vale a pena desperdiçar a vida ouvindo o que as pessoas falam. Você tem que... ser você mesmo.

Depois que a sessão tinha acabado, a ruiva conversa com Morte. – Eu gostei muito do que você expôs. Toda essa sua história, tudo pelo que você passou. Aposto que foi de grande ganho para todo mundo que participou.

– Eu queria te falar uma coisa... – Morte já ficava apreensiva quando precisava confiar em alguém. – Eu não venho me sentindo muito bem. Eu sinto que a vida não vale a pena. Eu não tenho mais vontade de fazer nada. Você acredita que isso pode mudar?

– Se eu acredito? – a ruiva responde com extrema segurança. – Eu tenho certeza.

– É mesmo? Gente, eu não conseguia acreditar mais que alguma coisa fosse me ajudar.

– Presta atenção, então. – Ela não demonstra qualquer insegurança. – A vida tem sofrimentos. Isso é inevitável. Mas não precisamos nos desesperar por causa disso, mesmo fazendo parte do processo. Se você se dedica à meditação e ao desenvolvimento do seu lado espiritual, você vai aprendendo com as coisas que acontecem e entendendo tudo melhor. Chega um ponto em nossas vidas em que passamos a sofrer menos e podemos desfrutar do nosso lugar no Universo.

Uma angústia começa a evoluir dentro de Morte. Ela começa a sentir que precisa sair de lá imediatamente, que não valeria a pena ficar mais um único segundo.

— O que foi, Morte? — a moça pergunta, percebendo sua mudança. — O que você está pensando?

— Me desculpa, mas com tudo o que você falou... Isso levaria a vida inteira. Eu até acredito em você, mas eu já acreditei em outras pessoas antes. E se der errado? E se servir para você, mas não para mim, e eu me arrepender no final? Não consigo lidar com essa possibilidade. Para mim é muito arriscado esperar esse tempo todo.

— Mas Morte... Não é arriscado, não. Você pode confiar. — Pela primeira vez, a voz dela fica mais fraca.

Morte vê um inegável resquício de tristeza nos olhos da ruiva e diz:

— Você tem mais um dia. Eu não tenho. Não posso arriscar. — E essa é sua despedida. Angustiava-se com os segundos passando como se fossem uma bomba-relógio, e precisava se livrar disso.

Logo que sai do templo, Morte sente outro desconforto na região onde tinha sentido fome anteriormente. Ela retorna com a mão na barriga e se dirige à ruiva.

— Eu estou me sentindo estranha... Acho que não estou bem.

— Ah... Será que alguma coisa caiu mal? Você comeu bastante.

— Ai, minha alma! Está piorando. Onde fica o banheiro?

8
O LADO BOM DA VIDA

Pensativo, Ricardo folheava um velho álbum de fotografias em sua casa. Olhando fotos em família na sua juventude, indaga-se: "Quando foi que tudo começou a dar errado?". Tentava encontrar algum defeito nas imagens do jovem Ricardo, mas parecia ser uma criança normal, apenas uma criança normal e feliz.

Lembra-se de quando ficou doente e precisou de afastamento do trabalho. "Talvez tenha sido esse o ponto... Não mantive uma rotina de trabalho igual a uma pessoa normal. Uma rotina comum que eu tanto desprezava e julgava que deixaria minha vida tediosa e em preto e branco. Quem sabe tenha sido esse o ponto que me distanciou do resto da humanidade... Que piada". Ele pensa rancorosamente: "Tudo que eu precisava era de um emprego".

※

– Bem que estava bom demais... – Morte reclama para si própria enquanto anda sozinha pelas ruas. Tinha acabado

de sentir o desconforto de vomitar no banheiro do Templo da Alma Ferida uma parte generosa do que havia comido.
– Nem mais uma uvinha... Juro que não vou comer mais nada nessa droga desta vida... – Estava assustada como tudo sempre lhe trazia desconforto. Já estava pensando em parar com tudo, apenas sentar-se na rua (o que era tentador, já que odiava o salto alto) e ficar esperando suas últimas horas de férias passarem. Não sabia o horário, mas ainda via o Sol no céu. Infelizmente, o Sol não trazia qualquer alegria ao seu coração. Sentia-se muito magoada. Os pensamentos negativos estavam quase imobilizando seu corpo e sua mente quando viu um novo lugar que chamou a sua atenção.

As músicas eram estranhas mais uma vez. Diferentemente das melodias do Templo da Alma Ferida, eram composições mais viciosas, pareciam girar em círculos curtos e simples, sem muita variedade. Mas eram muito diferentes do que ela havia ouvido no Baile dos Vivos também. Estava curiosa novamente. Olhando para os grandes brinquedos no campo aberto, não era mistério para ela o que era aquele lugar: um parque de diversões. Após olhar um pouco, ela reconheceu que as estruturas peculiares eram um conjunto que envolvia montanha-russa, roda-gigante e carrossel, criações dos seres humanos com o intuito único de se divertirem. Ela também leu o nome do lugar quando viu a entrada. Estava escrito "Lado Bom da Vida". Curiosa, ela diz para si própria:
– Ai, ai... Vamos lá de novo... – E adentra o parque.

Assustado com a sincronia de seus últimos pensamentos e a publicação de Sif de Midgard, a blogueira que ele estava stalkeando, Ricardo lê os textos que ela tinha deixado como legenda em suas publicações na internet com muita atenção. Na foto, ela não estava com as roupas que exibia nas publicações no Baile dos Vivos. Usava uma roupa social, óculos, e segurava uma xícara de café. Ainda estava muito linda, apesar de diferente das outras fotos.

"Eu sou apaixonada pelas minhas batalhas, tanto em Midgard quanto em Valhalla. Muitas pessoas me perguntam o porquê. Eu te digo. Eu já ralo muito quando estou trabalhando aqui, neste reino mortal, porque já sei que serei recompensada quando me transportar para Valhalla nos feriados e finais de semana. Se não fosse isso, como eu seria merecedora das grandes aventuras épicas que eu curto, como a última noite no Baile dos Vivos? Não tem recompensa grande sem um desafio grande! É isso de que nós, guerreiras e guerreires atuais, precisamos nos lembrar. Às vezes eu fico cansada, tem hora que eu quero jogar tudo para cima e mandar todo mundo para a @$%!#, mas eu mantenho a minha postura (e, amigues, vocês sabem como às vezes isso é difícil). Por isso todo dia que eu venho para o meu trabalho, eu sempre sou grata a Jord e a Odin, porque sei que são esses tipos de batalha que nos fazem foda".

Ricardo se sente iluminado. Suas inseguranças haviam encontrado um suporte nas publicações de Sif de Midgard. No seu raciocínio, em um ponto de sua vida adulta, havia adoecido, ficando inválido para exercer atividades profissionais. Isso tinha lhe separado para sempre de todas as pessoas com quem poderia ter sido similar, determinando uma eterna sensação de mal-estar. Amaldiçoado a nunca se aproximar das estrelas e dos grandes seres brilhantes da vida, como a lindíssima Morte, que ele havia recebido e por quem havia se encantado com um único olhar. Mas que culpa tinha de ter se acidentado e ficado doente? Ninguém escolheria passar pelo que ele passou. Às vezes pensava que não tinha jeito, como se fosse para tudo dar errado de qualquer forma.

※

Dentro do parque Lado Bom da Vida, Morte reparava que não havia mais pessoas por lá. Um homem introspectivo, com roupas diferentes de quem normalmente está passeando, diz a ela:

— Pode entrar, moça. Já estamos funcionando. É que enche só mais tarde.

Ela olha com curiosidade para as atrações. Sente que podia ser sorte ter encontrado o parque. As experiências que teria naqueles brinquedos tinham que ser diferentes de qualquer coisa que havia sentido quando estava no Baile dos Vivos, no motel ou no Templo da Alma Ferida. Aquelas estruturas poderiam fornecer uma experiência que não seria possível sem elas. Um casal de adultos passa do seu lado com olhares de significados ocultos.

— O ruim de vir nesse horário é que tem essa gente drogada zanzando.

Dessa vez ela ouviu. Começou a se perguntar: "Será que eu sou uma drogada? Eu realmente usei algumas coisas que todo mundo estava usando. Em nenhum momento imaginei que eu ia ficar assim...". Perguntou a si mesma qual era o melhor brinquedo para ir. Não queria correr o risco de se arrepender. Mas tinha medo de perguntar para as pessoas. Parecia que todo mundo que ela tinha conhecido era maluco ou uma armadilha, desde Ricardo, que havia lhe indicado aquela festa horrível. Chega até a se questionar se Ricardo já tinha ido ao baile alguma vez para realmente achar que era uma boa ideia ela ir até lá. A solução vem quando ela lê a placa que estava do lado da montanha-russa:

"A ATRAÇÃO MAIS PROCURADA!".

E um pouco menor e menos chamativo:

"A MAIOR AVENTURA DA SUA VIDA. VOCÊ NÃO VAI SE ARREPENDER!".

Ela não conhecia os outros brinquedos, então decidiu que a melhor opção era a montanha-russa. Conhecia como ninguém os índices de morte pelo uso de brinquedos desse tipo e eram infinitamente menores do que pelo uso do álcool e dos cigarros que ela havia experimentado mais cedo. Assim, achou que não tinha sentido ter medo. Afinal, só tinha mais algumas horas, valia a pena arriscar.

Quando Morte se aproxima da entrada do brinquedo, um funcionário apático a cumprimenta.

– É quatro reais a entrada, moça. – Ele passa os olhos brevemente pelo corpo dela antes de falar.

Ela abre a bolsa e passa a mão no fundo, onde há um punhado de moedas. Ela enche sua mão com elas e, olhando-as, percebe que poderia calcular errado a quantidade de quatro reais pela falta de prática com isso. Então mostra as moedas para o homem e pergunta:

– Aqui tem?

– Silenciosamente e sem olhar em seus olhos, ele pega algumas moedas, apenas dizendo: – Tem, sim. – Enquanto as guarda em um pequeno saquinho marrom, fala com um sorriso no canto da boca: – A noite foi muito louca, hein?

Ela não entende o que ele quer dizer.

– Olha, moça. Pelo horário você vai ter que ir sozinha. Vai demorar pra vir gente. Mas não tem problema, a gente liga do mesmo jeito. – Ele nunca olhava em seus olhos enquanto falava. Morte tinha a impressão de que ele estava olhando na direção dos seus peitos.

Ela entra no carrinho da montanha-russa enquanto ele arruma o aparato de segurança e vai falando com ela:

– Procure se manter dentro do carro para sua própria segurança. Isso aqui vai ficar preso até você voltar. Quando chegar no final, vai abrir sozinho e você pode sair. Bom divertimento! – Ele sai e fala mais baixo: – Gostosa.

Enquanto o carro começa a avançar lentamente, ela se pergunta: "Ele me chamou de gostosa?".

❧ ☠ ☙

Sem dormir e afogado em sentimentos ruins, Ricardo já estava cansado de ter pensamentos obsessivos sobre a Morte na sua cabeça o dia inteiro. Estava assim desde a meia-noite e, em algumas horas, já anoiteceria novamente.

— Ai, Deus... Por que tenho que passar por isso? — Ele lamenta, com a mão apoiando as têmporas. — Que loucura. Como posso estar me sentindo tão mal? Só um dia. Menos que isso... Um único momento me levou a ficar assim. — Ele olha para o celular por puro reflexo. — Não consegui achar a Morte em nenhum lugar... Ela não tem perfil em redes sociais. Estou só imaginando como está sendo o dia dela igual um louco, sofrendo por causa de ideias que criei na minha cabeça... Como será quando eu vê-la de novo? Ela não está mais no baile... Deve ter saído com outras pessoas para beber mais, igual a Sif fez... Será que ela vai voltar aqui?

Então, pela primeira vez, ele começa a se perguntar se a Morte realmente voltaria quando terminasse seu dia de férias. Antes, ele acreditava que sim, intuitivamente. Mas e se ela simplesmente não aparecesse?

A sequência de carros da montanha-russa avançava lentamente ao topo dos trilhos que seguiam em direção ao céu, trilhos que logo sumiam, dando lugar à súbita mudança de direção, para onde muitos acreditavam ser o inferno. Antes desse ponto de mudança, o carro ficava cada vez mais devagar. Diferentemente das pessoas que andavam nesse brinquedo, Morte não sentia ansiedade. Acreditava que seria bom e divertido, então não tinha qualquer temor. Olhava tranquilamente para o céu que estava à sua frente. Sentia-se um pouco comovida, lembrando de como a vida era rara em toda aquela imensidão. Tão bela, mas, ao mesmo tempo, tão maliciosa de ser aproveitada. Antes que fosse perturbada pelas lembranças de sua breve amante, o carro para. "Será que deu algum problema?", ela pensa ingenuamente, menos de um segundo antes de o carro mergulhar na maior velocidade possível, agora na direção do Inferno.

O susto é grande, assim como a sequência de sensações é muito maior do que ela consegue processar enquanto o carro muda de direção em alta velocidade. Sente sua cabeça sendo puxada para trás, forçando seu pescoço, e sente dor. Cada vez que o carro vira, tenta tirar os longos fios de seu cabelo dos olhos e da boca, enquanto tenta continuar segurando no carrinho com a outra mão. Quando ele vira brutalmente para a direita e para a esquerda, seu corpo bate contra as laterais do carro, causando-lhe dores em seus músculos e em sua pele. Quando volta a direção para cima ou para baixo, sua cabeça balança muito mais violentamente do que gostaria que balançasse um dia. O percurso ainda contava com dois *loops*, virando de cabeça para baixo, fazendo-a se sentir ainda mais desconfortável. "Meu corpo não foi feito para isso", ela pensa enquanto torce para que a experiência acabe logo. Se já não tivesse vomitado antes, na montanha-russa, com certeza, vomitaria.

Conforme prometido, a barra do carrinho a liberou quando chega ao final.

– Mas que bosta! Meu Deus do céu! Puta que pariu! Eu sou uma fodida mesmo! Eu só me fodo! – Pela primeira vez, ela sente necessidade de usar palavrões. E, agora, está mais descabelada do que nunca. – Vai tomar no cu! É tudo uma merda mesmo! Caralho!

– Tá tudo bem aí, moça? – o funcionário que a tinha recebido na entrada do brinquedo pergunta, vendo que está exaltada.

– Vai se catar! – ela grita para ele, com quem não tinha simpatizado. – Amaldiçoado seja o infeliz que inventou essa bosta!

– Drogada maluca – ele xinga para si próprio. E fala baixo novamente: – Gostosinha...

– Merda, merda, merda... – ela praguejava sozinha, andando pelo parque quase vazio, quando escuta a voz de um homem que não podia ver.

– Calma, garota – disse a voz grave. – Respire fundo um pouco. Eu queria conversar com você. Fazer uma proposta.

– Quem é? – Ela se vira e vê um homem negro mais velho, com aproximadamente 50 anos. Usava roupas escuras e tinha conseguido se aproximar dela sem que ouvisse.

– Não se preocupe, eu não vou te fazer mal – ele diz, olhando em seus olhos. Tinha o jeito de um negociante: – Meu nome é César Oliveira. Sou o dono deste parque. Eu criei o Lado Bom da Vida. – Isso a surpreende e a cativa. – Venha para o meu escritório. É mais reservado. Podemos conversar.

Logo Morte se encontrava na sala do homem. Era pequena e não tinha qualquer preocupação de parecer atraente ou agradável, com vários documentos bagunçados sobre a mesa e nenhuma cor chamativa na pintura. Não aguentando mais a dor no pé, ela se senta antes de ser convidada. César pega uma xícara com café quente e estende na direção dela.

– O que é isso? Café?

– Sim. Você toma café?

Morte se sente muito receosa de ingerir qualquer coisa depois da experiência vomitando o que tinha comido no Templo da Alma Ferida. Então, mesmo com curiosidade, acha melhor rejeitar.

– Não, obrigada.

– Ok. – Ele coloca a xícara na mesa e se senta na cadeira atrás. – Vou deixar aqui se você mudar de ideia. Você deve estar se perguntando por que eu quero falar com você. Então... Eu trabalhei neste parque a minha vida inteira, desde quando foi criado, e devo continuar até o dia em que eu morrer, se Deus quiser. Eu me acostumei a ser um homem muito observador. Você... Tem algo em você... Apesar de claramente não estar arrumada como uma pessoa que normalmente sai de casa para ir em um parque de diversões... Tem algo de diferente em você. Na sua energia. Por isso te chamei para tomar um café. Queria te perguntar: quem você é, menina? O que veio fazer aqui?

– Eu... – Ela pensa no que responder, logo percebendo que ele não tinha a malícia e a a maldade de outras pessoas para inventar mentiras. – Eu sou a Morte. Eu tenho sido a Morte desde que a Vida precisou chegar a um fim em algum momento. Isso já faz muito tempo, e as coisas eram muito diferentes... Você não faz ideia. Nenhum ser vivo hoje em dia faz ideia. Eu vou ter que fazer isso para sempre, então... Eu tinha direito a um dia de férias. Era o máximo que o Universo podia me dar para não entrar em desequilíbrio. Eu também tenho que só aceitar as coisas, sabe? Não são só vocês. E é isso... – Ela sabe que todo o resto que poderia contar é desagradável.

— Já faz algumas horas que eu estou tentando aproveitar meu único dia viva e, sinceramente, está sendo horrível. Eu não fiz nada de bom, e olha que eu estou tomando cuidado. Minha vida tem sido uma grande frustração. A última coisa que aconteceu foi ir naquele brinquedo, a montanha-russa. Sinceramente, achei horrível. Doía meu corpo todo e meu cabelo ficava batendo na minha cara. Tinha uma placa falando que era o brinquedo mais procurado, mas como assim? Quem vai querer passar por aquilo?

— Eu nunca fui — ele responde, impassível. — Meu interesse por aquelas máquinas é diferente.

— Entendi... — Ela estranha a forma como o homem havia ouvido calmamente tudo o que ela tinha falado, sem demonstrar qualquer estranhamento. — E aí? Você não acha que eu sou louca, nada assim?

— Não... — ele responde, reservado. — Eu não acho que você seja louca, Morte. — Até se referir a ela como "Morte" ele faz naturalmente. Mesmo Ricardo, que tinha sido escolhido para recebê-la por ter encarado situações de morte como se fossem situações de vida, tinha ficado um pouco receoso. — Eu trabalho com ilusões a vida inteira. De diferentes tipos. A montanha-russa que você experimentou, não deixa de ser uma das minhas ilusões. Hoje em dia, só de olhar para uma pessoa eu já sei se ela é confiável ou não, se está mentindo ou não. Eu vejo que você fala a verdade, Morte. É incrível. É absurdo. Parece mentira, mas eu sei que é verdade.

— Ah... — Ela percebe que ele está sendo sincero.

— Às vezes, coisas que parecem não ser reais são verdadeiras, mas nós resistimos para aceitar. Já faz algumas horas que estou ouvindo falar de pessoas em hospitais... Até animais domésticos. Histórias malucas de pessoas que não têm condição de continuarem vivas, mas estão vivas, como se estivessem se recusando a morrer... Sofrendo em um meio-termo entre a vida e a morte... Coisa difícil de acreditar. Mas aí você aparece aqui me dizendo que a Morte está de férias. Aí, tudo faz sentido.

— Ah... Eu não sabia que isso estava acontecendo. Apesar de ser óbvio, eu ainda não tinha pensado nisso. Bem, são só mais algumas horas.

— Você é mesmo a Morte. — Ele colocava gravidade nas palavras. — Algo desse tipo não pode ser coincidência. Nós nos encontramos por algum motivo.

— Não me diga que você quer morrer — ela diz, desanimada. — Só tenho um dia de férias, ninguém morre hoje.

— Não, nada desse tipo. Eu te contei minha história, te disse quem eu sou. Eu trabalho com apresentações, com sentimentos. Nós entretemos as pessoas aqui. Eu te ofereço a oportunidade de trabalhar comigo. Você seria minha atração principal.

— Mas como assim?

— Que outro parque no mundo pode apresentar a Morte? Nenhum! Você seria a cereja do bolo! Sairiam falando pelo país todo que nós estamos apresentando a Morte! Tudo isso que você está procurando, um significado na vida, uma razão para se sentir bem! Nenhuma noite sua seria ordinária! Você seria uma estrela todos os dias! — Ela percebe que ele está se esforçando para convencê-la. E tinha experiência nisso. — É só ficar aqui comigo e será tratada como a majestade que você é!

– Mas... Eu posso confiar nisso? Soa como algo que pode não ser bom para mim.

– Fique tranquila. Vou te explicar como trato meus funcionários. É o básico, que estará garantido para você, mas, claro, você ainda vai ter outros privilégios, afinal, você é a Morte! – Ele começa a detalhar. – As pessoas que trabalham comigo não são registradas, mas desfrutam dos mesmos benefícios que teriam se fossem. É melhor, porque assim eu consigo pagar mais para elas. A sua obrigação seria estar aqui seis dias na semana, por oito horas, como em um trabalho normal. O dia que sobra é a sua folga. Você tem uma hora de intervalo para parar e comer ou fazer o que você quiser. Dependendo de onde você morar, eu posso te pagar o valor do vale-transporte também. Eu não faço isso para todo mundo, mas posso fazer para você. Meu negócio já está de pé há décadas. Somos uma das maiores atrações tradicionais da cidade. Você teria uma estabilidade certa. Poderia ficar tranquila e descansar para aproveitar sua vida. O salário, nós podemos acertar depois, mas te garanto que você não passaria nenhuma necessidade. Seria a maior atração! Eu já posso ver toda a sua apresentação, as pessoas impressionadas vindo te assistir!

– Moço... Pelo que eu entendi, eu passaria quase o dia todo aqui.

– É uma carga horária de trabalho normal, de oito a nove horas. Às vezes, um pouco mais quando precisa, mas aí a gente negocia banco de horas.

– É... – Ela pensa um pouquinho. – Eu ia acordar, comer, dormir, cuidar das minhas coisas, e o resto do tempo passaria aqui...

— Mas é para isso que você tem seu dia de folga! Aí você faz o que você quiser. Pode acordar a hora que você quiser, ir passear. Aí não sei o que você gosta de fazer. Mas você faz o que você quiser.

— Um dia entre sete para eu aproveitar. Os outros seis eu estaria aqui, trabalhando para você quase o dia todo.

— Mas qual é o problema? Você é contra trabalhar? É o que todo mundo faz.

— Eu não te falei que só tinha um dia de férias? Eu poderia me apresentar hoje…

— Ótimo! — ele a interrompe com entusiasmo. — Fazemos uma apresentação de uma noite só! Você vai gostar, vai querer fazer mais vezes, tenho certeza! Todo mundo vicia no palco, no espetáculo. Você não vai ser diferente, pode acreditar em mim.

— Você tá me garantindo… — Ela ri, sentindo que já tinha passado por isso antes. — Mas eu não posso contar com isso. Você garante que isso vai me fazer bem, vai valer a pena na minha vida, mas eu só tenho um dia. Eu não posso me arriscar. Vou dar a minha vida toda para você, vai sobrar quase nada para mim. Depois, se eu me arrepender, já vai ser tarde demais. Minha vida vai ter acabado e eu não vou ter aproveitado!

O dono do parque fica olhando para ela sem saber o que falar. Todos os seus funcionários tinham aceitado sua proposta, com seus benefícios e prejuízos. Ninguém nunca tinha falado essas coisas para ele.

— Acho que eu não tenho mais o que fazer no seu parque. É melhor eu ir embora antes que eu perca mais tempo. Como te disse, eu tenho pouco. Já está anoitecendo…

Ela parte, então, sem qualquer cerimônia, enquanto o dono do parque a acompanha com os olhos, sem saber o que falar. Quando sai do escritório dele e passa pelo parque a céu aberto, percebe melhor ainda que, de fato, já estava escurecendo. Começa a sentir ansiedade, sabe que seu único dia de férias está acabando e não conseguiu aproveitá-lo. Nunca mais teria essa oportunidade, pelo resto de todo o tempo da história!

Quando está próxima da saída, ouve a voz grave do homem que havia lhe surpreendido antes.

– Morte! Espere, Morte! – Era o dono do parque que estava vindo atrás dela.

– O que você quer? – ela pergunta, sem parar de andar, pois está ansiosa e quer sair logo do Lado Bom da Vida, que havia lhe decepcionado tanto quanto os outros lugares que tinha conhecido.

– Quero que você repense, Morte. Você está cometendo um erro! Você vai se arrepender! – ele diz, como uma premonição.

– Ah é? Como assim?

– Você está seguindo o caminho para viver uma vida sem significado! Vazia! Você precisa de um caminho. Eu te apresentei esse caminho!

Ele já era velho e não conseguia andar muito rápido, dava para perceber que estava se esforçando.

– Fique longe de mim! – Morte já não hesitava em ser agressiva. – Eu já estou cansada de seguir o que as pessoas falam. Vocês nem se preocupam em falar a verdade, só se preocupam com vocês mesmos!

– Você vai se arrepender para sempre! Para o resto da sua vida!

– Falta pouco tempo para eu descobrir! Não ligo para o que você diz. Eu não posso desperdiçar as poucas horas que tenho! – ela responde com sinceridade e sem se sentir culpada.

9
JOGANDO A VIDA FORA

> "E CONFORME VOCÊ OUVE ESSAS PALAVRAS
> TE FALANDO AGORA SOBRE O MEU ESTADO
> EU TE DIGO PARA APROVEITAR A VIDA
> EU GOSTARIA DE PODER, MAS JÁ É TARDE DEMAIS."
>
> *Paranoid*, Black Sabbath

— Eu queria morrer logo! – grita um homem sofrido na rua. Tinha a aparência de uma pessoa abandonada por tudo. Roupas velhas e sujas. Barba grisalha e bagunçada. Essas palavras chamaram a atenção da Morte, que, mais cansada do que nunca, vagava pelas ruas escuras sem destino, ansiosamente buscando algo que a fizesse sentir que estava aproveitando a vida. Já carregava os saltos na mão, pois não aguentava mais andar com eles.

— Por que não morro logo? – ele continuava dizendo em voz alta. Morte para e fica olhando para ele. Não era uma pessoa que estava para morrer. Ela reconheceria se fosse o caso, fazia isso desde sempre. O homem fica incomodado e logo a aborda, sem se aproximar:

— O que você tá olhando, maloqueira?

— Você.

Ele leva um tempo para responder, pois fica surpreso. Deixa escapar uma risada, indo contra sua vontade de demonstrar mau humor. Logo retoma a expressão brava:

— E por que você está olhando para mim, então?

— Você está gritando que quer morrer – ela responde de forma simples e sincera. – Eu achei estranho. Você não está para morrer e não costumo ver gente gritando assim.

— Ah é? Deve ser porque a minha vida é uma merda!!!

— Hum...

De fato, ele tinha respondido à pergunta, mas ela tinha curiosidade de entender um pouco mais.

— E por que sua vida é "uma merda"?

— Por quê? Por que, minha filha? Eu não tenho nada! Não tenho bosta nenhuma! Não tenho amigos, não tenho família! Não tenho nem casa! Passo fome, sinto dor no corpo! – Ele olha bem nos olhos dela enquanto fala, parece querer conferir se a está assustando. – Isso é razão o bastante para você? Razão eu não tenho para querer continuar vivo!

— Entendi – ela responde, mantendo o contato visual que ele tinha iniciado, sem demonstrar qualquer desconforto. – Parece que você está muito triste, apesar de haver muitas pessoas nessa situação.

— Você é estranha – ele responde fazendo careta.

No seu celular, Ricardo vê um vídeo em que um homem fala enquanto filma o próprio rosto.

"Gente, é muito louco isso que está acontecendo, mas vocês precisam acreditar. Eu sou enfermeiro, trabalho em hospital, e parece que a gente está vivendo um pesadelo. Tenho alguns anos de experiência, então, acreditem quando eu digo que estou vendo uma coisa que não é normal. É muito comum ter óbitos em hospital. Aqui, onde eu trabalho, a gente tem uma média de 430 por período. Gente, alguma coisa está acontecendo. Não está tendo NENHUMA MORTE! No hospital inteiro. E já falei com colegas meus, isso tá acontecendo em todos os lugares. AS PESSOAS NÃO ESTÃO MORRENDO! Agora, você... Você acha que isso é bom? Gente, isso não é nada bom! Ninguém sabe explicar! Estamos aqui com várias vítimas de acidentes, pessoas em estados terríveis, e elas SIMPLESMENTE NÃO MORREM! Elas não estão conseguindo se livrar do seu sofrimento. A televisão não diz nada sobre isso. A internet não diz nada sobre isso, mas, ACREDITEM, ESTÁ ACONTECENDO! Ninguém está morrendo e isso não é bom! Não sei por que isso tá rolando, nunca vi isso na minha vida, mas estamos vivendo uma coisa que não é normal. Não é normal!".

— As pessoas não estão morrendo... — Ricardo fala sozinho. — Mas deve ser até meia-noite. Já já vai passar, se as férias dela acabarem. Ela voltará ao trabalho e as pessoas voltarão a morrer.

— Então você quer acabar com a sua vida? – Morte pergunta para o homem que estava na rua gritando. – Sabe, eu estava me sentindo assim não faz muito tempo. Aí, eu liguei para um serviço de ajuda pelo meu celular, eles me convenceram a mudar de ideia. Depois, eu fui numa igreja e em um parque de diversões.

— Não. Ninguém vai me fazer mudar de ideia. Minha vida é uma bosta – ele diz, amargurado. – Eu não tenho por que estar vivo. Você já se sentiu como um rato? Você já olhou para as pessoas e sentiu que todos que têm um mínimo de dignidade humana estão em um patamar acima de você? Você é só lixo. Quem quer ser lixo? – ele pergunta sinceramente, olhando em seus olhos.

— É. Acho que ninguém quer ser lixo.

— Lógico que não! Até você, que é louca, percebe isso. – Ela não se incomoda em ser insultada.

— Sabe que ninguém vai morrer por algumas horas, não sabe?

— Ouvi falar que as pessoas não estão morrendo. Mas isso é besteira.

— A Morte está de férias. Até meia-noite. Eu sou a Morte. Só vou voltar a trabalhar daqui a algumas horas.

— E por que você está me falando isso?

— Por que você acha? Porque você estava falando que queria morrer!

— E eu quero mesmo. Não sei por que não morro logo para acabar com todo esse sofrimento!

— Então tá bom. – Calmamente, Morte avança para ele com a mão estendida como se fosse a garra de um animal selvagem.

— O que você está fazendo? – O homem estranha.

— Eu vou te matar.

— Ei! Como assim? – ele grita, assustado, e se distancia dela.

— Você disse que queria morrer. Com força, eu consigo romper sua artéria jugular com a minha unha. Você deve ficar inconsciente por um tempo e, em algumas horas, estará morto – ela explica docemente.

— Você é doida! – ele grita e sai correndo.

Morte fica honestamente confusa e vai atrás dele para tentar entender. Entrando no fim da rua, para onde ele tinha ido, vê vários moradores de rua espalhados, muitos com expressões entristecidas e distraídas. Mais uma vez sente-se deslocada. Provavelmente, se sentiria assim até seu último minuto. Não demora para identificar o homem que estava com ela. Ele a olha assustado de longe, fala com a inocência de uma criança:

— Essa mulher é louca! Ela tentou me matar!

Ninguém nos arredores se importa ou se mobiliza de qualquer maneira.

— Mas você disse que queria morrer! – ela o lembra enquanto se aproxima dele com as unhas em riste.

— Fique longe! Eu não vou deixar você cortar meu pescoço, mulher!

— Tá bom, tá bom. Eu não vou te matar. – Ela abaixa a mão. – Mas o que houve? Você não estava reclamando que queria morrer?

— E eu quero... – Ele olha para ela. Ela o acha triste e infantil, como se quisesse chorar. – Mas eu não sei... Na hora em que você veio dizendo que ia me matar, eu entrei em pânico. Você promete que não vai tentar me matar mais?

— Prometo – ela fala verdadeiramente. – Eu nem queria te matar mesmo. Só ia porque você estava pedindo, mas se você não quer...

— Poxa, você é estranha, moça. — Ele começa a se acalmar.

— A esta altura, eu já não me importo mais, de verdade. — A expressão dela era de cansaço absoluto.

— Senta aí, vamos conversar. Eu gosto de gente estranha.

Ela estranhou sentar-se no chão (só tinha uma tira de papelão esticada), mas já tinha percebido que ele era um morador de rua, como os outros ao redor.

— Você é a Morte mesmo?

— Sou sim. Você não acredita em mim?

— Olha, eu não acredito que a Ana, ali do lado, realmente veio da França, como ela fala. Mas, por alguma razão, até que você é bem convincente. E eu sempre fui um sujeito desconfiado. Depois que vim pra rua, fiquei ainda mais.

— Você não viveu sempre aqui?

— Eu? Eu não. Eu tive uns problemas aí, vim à falência. Não tinha família, e a que eu tinha não falava comigo. O que sobrou pra mim foi a rua.

— Poxa, eu sinto muito.

— Tem uma hora que você fica cansado, sabe, moça? Muito cansado... — Ela se distrai olhando as outras pessoas ao redor. Parecia faltar alguma energia nelas. Ele dizia estar cansado, e ela sentia que todas aquelas pessoas estavam do mesmo jeito.

— Olha, eu definitivamente acredito que a vida pode cansar — Morte confessa.

— Qual é o seu problema?

— Bem... Como eu te falei, eu estou de férias. E para não causar muitos problemas, eu só posso tirar um dia de férias, que é hoje. E está muito ruim. Eu estou extremamente irritada, e cada vez mais, porque já anoiteceu e eu não consegui ter um momento feliz.

— Não mesmo? Que pena... Gostaria de poder te ajudar, mas eu sou só um cara na rua. Não posso fazer muita coisa.

— Agradeço sua preocupação... — ela diz, com as pálpebras fechadas de cansaço.

— Eu tenho um pouco de bebida aqui. Você quer?

— Que bebida é essa? Café?

— Não. É álcool. Todo mundo gosta de álcool. — Ele sorri. Ela se lembra da sua experiência aversiva no Baile dos Vivos e acaba recusando.

— Não, obrigada...

— Eu não sei o que fazer para te ajudar, então...

— Você está se sentindo melhor? Você não estava muito bem quando te encontrei.

— Estou, sim. Acho que falar com você me deixou mais calmo. Vai entender...

— Então acho que isso me deixa feliz. — Ela ri e sente um pouco de lágrimas quentes nos olhos. — Está vendo só? Você não é o único perdido no mundo hoje. Sua situação não deve ser a pior. Eu nunca mais vou ter outra chance de ser feliz ou de aproveitar um único dia. Meu dia já está acabando. Eu não consegui aproveitar e não vou poder nunca mais.

O morador de rua sente vontade de abraçá-la, mas se lembra de que, há muito tempo, as pessoas reagem negativamente a abraços dele por causa de suas condições de higiene.

— Talvez você não devesse ficar pensando nisso.

— Ah é? E no que você acha que eu devia pensar? — Por alguma razão que ela não entende, lembra-se de Vida. Logo

que isso acontece, sente uma profunda dor no seu coração.
– Eu estou tão magoada... – Ela volta a choramingar. – Tanta gente me machucou... Se eu soubesse não tinha nem começado.

– Bem, ainda não terminou.

– Mas falta pouco tempo. É até meia-noite, lembra?

– Você está se sentindo mal agora?

– Não. Apesar de estar chorando, me sinto bem de colocar tudo isso pra fora. Acho que estou gostando de falar com você.

– Então acho que isso me deixa feliz também.

         ❦─☠─❦

Ricardo acorda no sofá com o pescoço doendo. Quanto tempo tinha passado? Ele não sabia. A exaustão, enfim, tinha levado a melhor. Lembra-se de que sonhou com Morte. Apesar de, no sonho, a aparência dela ser diferente da real, ainda era bonita. "Não tenho como negar que ela me afetou", pensa bocejando.

Olha para o relógio. Logo será meia-noite e não tivera sequer um sinal dela. E se não voltasse? A ansiedade invade seus pensamentos. Começa a pensar que sua casa nunca seria tão interessante quanto os lugares incríveis que imaginava que ela havia conhecido. Logo ela iria embora. Como a encontraria de novo?

         ❦─☠─❦

— Então acho que não tem segredo. No final, ninguém veio e me falou que era assim que eu devia viver a vida — Morte lamenta, decepcionada.

— Eu, com certeza, não vou te falar.

— O que me decepciona... Mas não se sinta mal por isso. Eu gosto de você.

— Eu sei. Não se preocupe. Custa muito para alguém me ofender.

— Eu nunca imaginei que era tão simples se sentir bem. Não vivi muito tempo, mas tenho a impressão de que a maioria das pessoas não sabe que existe uma alegria genuína em ajudar as pessoas. Eu só descobri isso agora. E pensar que fiquei me esforçando tanto...

— Eu já não tenho esperança.

— Sabe, se vocês quiserem, eu posso matar todos vocês aqui. Para mim, não tem problema, de verdade. É meu trabalho, eu faço isso o tempo todo. É só pedir.

— Não, acho que ninguém gostaria disso. Não é assim que as coisas funcionam.

— Como é, então? Não quero parecer idiota, mas estou confusa. Você fala que quer morrer, mas depois não quer mais. Eu sou idiota mesmo? É fácil de entender, só eu que não percebo?

— Você, com certeza, não é idiota. Você é uma moça muito legal.

— Nossa! — Ela se surpreende. — Todas as pessoas que eu conheci hoje fizeram eu me sentir uma idiota.

— Não é porque as pessoas têm uma impressão de você que significa que seja verdade.

— É. Eu tinha a impressão de que você queria morrer, mas você saiu correndo quando eu quis te matar.

— É claro! Eu estava dizendo isso, mas não achava que você viria para rasgar meu pescoço!

— Mas você não queria morrer? — ela insiste, confusa.

— Querer, eu queria. Mas quando você veio... Achei triste demais.

— Então você não quer morrer.

— Por que você diz isso?

— Você quer se sentir bem. Se quisesse morrer, teria me recebido de braços abertos. Mas você ainda preferiu se proteger. Você não queria morrer. Você queria viver, desfrutar a vida, só não estava conseguindo. É muito simples pra mim. Ao menos, agora é.

— Acho que você tem razão — o homem fala, com a voz fraca. — Eu queria muito ser feliz. Eu tenho pensamentos bons que me machucam, sabe? Quando penso neles. Porque eles nunca se realizam.

— Acho que eu e você somos bem parecidos. Agora acho que estive iludida. Deve estar cheio de pessoas parecidas com a gente por aí.

— Mas você é bonita — ele corrige.

— Obrigada. Mas eu quis dizer por dentro. Agora que falei com você, consegui entender.

— Mas foi você que me ajudou.

— Fazendo isso eu acabei me ajudando também. Agora entendo melhor o que eu passei. Agora que te ouvi e entendi o que você queria dizer. Eu também não quero a morte. A morte não tem volta. Não tem por que se apressar para ela. Ela chega de qualquer forma, é inevitável. Agora, a vida, eu não entendo da vida. Eu tentei entender, mas como me frustrei...

– Eu também. No final, vim parar aqui.

– Sei que não gosta da sua situação – Morte diz amigavelmente e com sinceridade. – Mas eu realmente fico feliz de ter te conhecido.

– Também gostei de te conhecer. Uma pena que não esteja bem, mas você é muito legal. Eu espero que você consiga aproveitar seu dia, mesmo que um pouquinho, no final. Não acabou ainda, não é mesmo? A esperança é a última que morre!

– Eu também desejo, com toda a sinceridade da minha alma recém-adquirida, que você não desista e consiga se sentir melhor. Não se esqueça da preciosidade de cada novo dia. Espero que consiga ser paciente, meu amigo.

Ela olha para o céu com prazer. E sente que, ao menos naquele exato minuto, é abençoada.

10
Espasmos Finais

> "Você não é o único a ter uma noite ruim. Este é um mundo cheio de noites ruins."
>
> *Charles Bukowski*

"Acho que devia ter ficado sentada na calçada junto com o Ricardo, bebendo cerveja", Morte pensa, lembrando da amizade que havia feito recentemente com o morador de rua. Já havia se despedido dele e estava novamente andando sozinha pelas ruas escuras, de volta à casa de Ricardo dessa vez. Ela sente vontade de pegar o celular para jogar de novo o jogo dos macaquinhos, olhar as publicações da Sif de Midgard ou tentar encontrar vestígios de Vida. Mas sabe que tem pouco tempo. Então deixa de fazer isso para seguir em direção à casa de Ricardo.

Olhando a Lua cheia bem clara no céu, ela se sente cativada. Quando estava indo para o Baile dos Vivos estava tão preocupada com a festa que nem havia prestado atenção na Lua.

De acordo com o aplicativo de localização do seu celular, já estava se aproximando da casa de Ricardo. As ruas estavam bem vazias. Via poucas pessoas passando de vez em quando. Também estava tudo muito silencioso. Ela acha estranho quando vê uma pessoa deitada na rua em posição muito peculiar. Parecia até que havia feito um contorcionismo de circo, mas não estava se movendo. Passar por aquela pessoa fazia parte do seu caminho, então ela não se sentiu mal por se aproximar conforme seguia para seu objetivo. Quando estava um pouco mais perto, Morte viu que aquelas roupas lhe eram familiares. Mas quem seria? Em menos de dois metros de distância fica claro que não era contorcionismo algum. Muitos ossos daquele corpo estavam quebrados, mais do que o bastante para que o corpo não conseguisse continuar a viver. Para um estrago tão forte e generalizado, a única opção possível era que tinha caído de uma altura muito grande. O que a deixou mais assustada na sua vida toda foi reconhecer o rosto naquele corpo. Ela o conhecia. Era o rosto de Ricardo, a primeira pessoa que ela tinha visto nas suas férias.

— Morte... — A fraca boca do corpo quebrado reproduzia seu nome enquanto seus olhos olhavam para ela com ansiedade e dor. — É você mesma? Você veio me levar? Já deu meia-noite?

— Não, Ricardo. Eu não vim te levar. Eu só estava voltando para a casa de onde eu vim. Sua casa.

— Ah... — Ele geme, decepcionado. — Está doendo muito... Eu nunca senti tanta dor... — Ele se esforça muito para formar as palavras. — Eu não devia ter feito isso. Eu me arrependi logo no primeiro segundo depois que pulei.

— Mas o que foi que você fez? Por que você está assim?

— Eu pulei... Eu... dei um jeito de subir naquele prédio... escondido... e pulei.

— Mas Ricardo... — Ela não conseguia entender. — Por que você fez isso?

— Por causa da dor... — Ele não consegue encará-la enquanto fala. — A dor estava muito grande, eu não conseguia suportar. Mas, agora, está mil vezes pior do que eu podia esperar! Morte, eu preciso que você me leve!

— Ai, que dó... — Ela olha com pena para seu estado destruído. — Eu posso fazer algo por você, Ricardo. Mas ninguém vai morrer no meu dia de férias. Isso eu já deixei claro. E não vou abrir exceções.

— Por favor, eu não aguento mais! — ele implora. — Falta quanto tempo? Quanto tempo para meia-noite?

— Menos de uma hora — ela responde sem compartilhar sua angústia. — Por que você está preocupado?

— Dói muito, Morte... Eu nunca tinha sentido tanta dor. Eu nunca quis... — Seu rosto avermelhado treme enquanto fala. Seu sofrimento é quase palpável.

— Você não devia ter feito isso, Ricardo. Você não devia ter feito isso mesmo.

— Mas os sentimentos ruins... a dor... vão acabar...

— Como é que você sabe, Ricardo? — Ela lamenta as palavras dele. — Você não sabe o que vem depois. Você não sabe o que acontece, meu bem. Ninguém sabe. Sorte a sua que hoje eu estou de férias.

— Por quê?

— Hoje ninguém morre. — Ela deixa a bolsa e os saltos no chão e se aproxima dele, abaixando-se.

— Não entendi. O que você vai fazer?

— Arrumar seus ossos de volta — ela fala com a mesma precisão cirúrgica que estava prestes a aplicar.

— Espera aí, Morte! Tá doendo muito!

— Vai doer muito mais.

— NÃO! PARA!

— Tenta gritar só o necessário, Ricardo. Lembra que as pessoas estão dormindo.

— Por favor! Eu imploro! Para com isso! Ai! Por favor! Por favor!

Ela se movimenta conforme passa de um osso para o outro, encaixando um a um de volta onde deveria estar.

— Por favor! POR FAVOR!

Os berros de infinito horror de Ricardo se tornam apenas sons sem significado, chegando ao ponto que não consegue mais formar palavras de tanta dor e loucura que sentia. Morte prende os cabelos e continua, de um em um, tentando não se desconcentrar com os berros desesperados de Ricardo.

— Acho que foi o último — ela fala após alguns minutos de gritos tão sofridos que nenhuma pessoa nas redondezas quis se aproximar para conferir se era alguém precisando de ajuda. Todos que ouviram simplesmente preferiram se afastar e tentar esquecer para sempre que haviam ouvido aqueles gritos. Ao terminar, Morte está toda suada do esforço. Ela pega os saltos e a bolsa e se levanta.

— Ai, minhas pernas — ela reclama, sem se sensibilizar com a quantidade infinitamente maior de dor que Ricardo estava sentindo.

Por poucos segundos, Ricardo olha na direção dela novamente. Apesar de toda a situação, ainda se sentia atraído. "Realmente, é maior do que eu. Muito...", ele pensa antes de fechar os olhos e desmaiar pela exaustão da dor.

– Você vai ver o Sol nascer de novo amanhã... Não vai ficar dormindo aí muito tempo ou pode acabar sendo atropelado. – E vai embora.

Ela sabia que, todos os anos, eram mais de 1 milhão e 300 mil pessoas que morriam em acidentes com carros. Não falava por acaso. Ao olhar o celular, ela comenta sozinha:

– Menos de meia hora. Ai, meu Deus.

Quando chega na casa de Ricardo, a porta está aberta. Ela entra. Não consegue manter Ricardo na sua mente por muito tempo, apesar do susto que ele havia lhe causado, já que estava angustiada sabendo que seu retorno à morte, para o resto da eternidade, estava próximo.

Ela passa pelo desenho emoldurado na sala que Ricardo havia feito, mas não lhe dá atenção, não para para olhá-lo diretamente. Largando a bolsa e os saltos em qualquer lugar, vai à cozinha levando apenas o celular. Pega água na geladeira e bebe, já que sentia muita sede havia horas. Fica aliviada, fecha os olhos e respira fundo.

– E agora? – fala para si. – Que vontade de deitar e dormir. Não fiz isso por um minuto. Agora, já está em cima da hora. Nunca mais.

Lembranças de sua eternidade como Morte começam a vir à sua mente. Sabe que tudo vai voltar a ser como antes. Já nem se sentia tão triste. Sentia muita raiva.

— Eu comecei sentindo dor no pé, vou terminar sentindo dor na minha existência... Raiva. Isso. Só isso. Só me sobrou raiva. É a única coisa que eu tenho. Toda a alegria que eu pensava que sentiria está infinitamente distante de mim. Raiva pensando que, um dia, todos que estão neste mundo, sem exceção, sentirão o mesmo que eu. Um dia. Vinte e quatro horas. Vocês vão ter exatamente essa mesma sensação maldita que eu estou tendo agora.

Seus olhos ganham a companhia de lágrimas quentes e trágicas. — Um dia inteirinho sem saber por que se está aqui. Deus sabe que não era isso que eu queria quando comecei isso. Sabe que isso estava muito longe de mim. Eu nunca quis que acabasse assim. Eu não tinha como imaginar. Eles podem estar felizes hoje, mas ainda terão um dia igual ao meu. Um dia que não tinha por que ter começado. Um dia que, acompanhado apenas por sentimentos ruins, você só aguarda que ele acabe...

Decepcionada, carregando seus sentimentos ruins, ela escolhe a banheira para ficar, terminar onde tinha começado. Fica aliviada em tirar o vestido e a calcinha. Já estava quente andando sem parar, mas tinha ficado com muito mais calor depois de encontrar Ricardo na rua. Ela liga a água e entra na banheira com o celular. Mergulha a cabeça para trás, sentindo todo o seu cabelo molhar. Ele já estava nojento desde a Arena de Suor e Lama, no Baile dos Vivos. Não entendia como alguém a tinha achado atraente desde então.

Olhando para o relógio do celular, ela percebe que "só faltam mais alguns minutos". Vida invade seu pensamento repentinamente. Como se fosse um golpe final, a lembrança lhe traz um desconforto, mal-estar no estômago e gosto ruim na boca. "Por que você foi fazer isso comigo?", ela pensa. "E voltar pra minha cabeça bem agora?". Para se distrair, ela abre a internet no celular e procura por publicações de Sif de Midgard. Temia que não fosse dar tempo de jogar direito o jogo dos macaquinhos. Havia uma publicação de Sif que ela ainda não tinha visto, ficando surpresa ao olhar para a foto. Ela estava bem diferente, apesar de ainda ser possível reconhecê-la. Não tinha maquiagem tão pesada nem roupas tão chamativas, mas ainda se mantinha extremamente linda, como uma modelo. Nas fotos havia uma criança de colo e seu marido, que também se apresentava de forma mais casual. Eram todos lindíssimos. Na legenda, ela leu:

"Eu gosto muito de festas, luto todo dia no meu trabalho em Midgard para poder aproveitar as aventuras de Valhalla no final das contas. Mas mesmo com toda a diversão, não tem nada para mim que substitui a alegria e o amor que eu sinto pela minha família. Estes aqui são a minha vida. Deus é muito foda de ter me abençoado com o marido e o filho mais maravilhosos do mundo. E quem sabe de que tamanho nossa família não vai ficar ainda, não é mesmo? São meus parceiros e temos uma eternidade pela frente. Graças a eles, cada dia vale a pena. É impossível me sentir triste ou cansada com eles. Quando preciso, eles sempre estão por perto para me colocar para cima. Eu amo a vida tanto quanto amo a minha família. Porque, para mim, os dois são sinônimos, uma coisa só. Obrigada, Deus, por tantas bênçãos que Você colocou no meu caminho".

– É... Parabéns, Sif... – Morte resmunga sozinha na banheira. – Pelo visto, você é melhor do que eu. Mas ninguém pode falar que eu não tentei. Como eu tentei! Eu tentei até o último segundo da minha vida.

Os minutos já estão acabando. A bateria do celular já está acabando. Nossa história também. Ela olha uma última vez para a feliz e atraente foto da blogueira.

– Acho que é melhor desligar o celular.